Roald Dahl

Gelée royale

précédé de

William et Mary

*Traduit de l'anglais
par Élisabeth Gaspar*

Gallimard

COLLECTION FOLIO

Dahl est né en 1916 au pays de Galles dans une famille norvégienne aisée. Après ses études, il part à Mombasa au Kenya, où il travaille pour la compagnie pétrolière Shell. En 1939, il s'engage dans la Royal Air Force comme pilote de chasse et échappe miraculeusement à un terrible accident dans le désert, avant d'être réformé en 1942 avec le grade de commandant. Il est alors nommé à l'ambassade de Grande-Bretagne à Washington où il commence à écrire. Il abandonne tout pour se consacrer à l'écriture de nouvelles humoristiques et fantastiques, souvent extravagantes. En 1953, il épouse l'actrice Patricia Neal avec laquelle il aura cinq enfants. C'est pour eux qu'il se met à inventer des histoires plus longues et plus souriantes, qu'il publie à partir des années 1960. Il débute donc dans la littérature de jeunesse avec *Charlie et la chocolaterie*, puis avec une série de best-sellers dans lesquels les adultes ont rarement le beau rôle, parmi lesquels *Le Bon Gros Géant*, *Dany le champion du monde*, *Matilda*, etc. Parallèlement à ces contes pour enfants, il écrit des nouvelles à l'humour féroce comme *Kiss Kiss*, *Bizarre ! Bizarre !*, recueil de nouvelles fantastiques, *La grande entourloupe* en 1976, *Mon oncle Oswald*, *L'homme au parapluie*, une histoire aussi stupéfiante qu'amusante. Il est également l'auteur de scénarios comme

On ne vit que deux fois de Lewis Gilbert, et de deux textes autobiographiques : *Moi, boy* et *Escadrille 80.*

Son œuvre si grande séduit encore petits et grands qui ont réussi à garder une âme d'enfant, comme Roald Dahl lui-même.

Découvrez, lisez ou relisez les livres de Roald Dahl :

BIZARRE ! BIZARRE ! (Folio n° 395)

LA GRANDE ENTOURLOUPE (Folio n° 1520)

THE GREAT SWITCHEROO/LA GRANDE ENTOUR-LOUPE (Folio Bilingue n° 52)

L'HOMME AU PARAPLUIE ET AUTRES NOUVELLES (Folio n° 2468)

L'INVITÉ (Folio à 2 €, n° 3694)

KISS KISS (Folio n° 1029)

MON ONCLE OSWALD (Folio n° 1745)

THE PRINCESS AND THE PRACHER/LA PRINCESSE ET LE BRACONNIER (Folio Bilingue n° 9)

William et Mary

William Pearl ne laissa que très peu d'argent en mourant et, à l'exception de quelques petits legs destinés à des parents, tous ses biens allaient à son épouse.

Tout fut réglé rapidement au bureau du notaire. Puis la veuve se leva pour prendre congé. Le notaire tira alors du dossier qui se trouvait devant lui une enveloppe cachetée et la tendit à sa cliente.

« J'ai été chargé de vous remettre ceci, dit-il. Votre mari nous l'a fait parvenir peu de temps avant sa mort. » Le notaire paraissait blême et navré et, en signe de respect pour la veuve, il gardait la tête penchée, les yeux baissés. « Cela doit être personnel, madame. Sans doute préférerez-vous la lire lorsque vous serez seule chez vous. »

Mme Pearl prit l'enveloppe et sortit. Dans la rue, elle s'arrêta pour palper l'objet du bout des doigts. Une lettre d'adieu de William ? Sans aucun doute. Une lettre cérémonieuse. Cérémonieuse, elle l'était obligatoirement. Et guindée. Car cet homme n'avait jamais pu agir autrement. Il n'avait jamais rien fait d'incorrect de sa vie.

« Ma chère Mary, j'espère que mon départ de ce monde ne vous bouleversera pas trop et que vous continuerez à observer les préceptes qui vous ont été de si bons guides durant toute notre vie à deux. Soyez digne et raisonnable en toutes circonstances. Soyez économe. Prenez soin de ne jamais, etc., etc. »

Une lettre dans le style de William.

Ou bien aurait-il craqué au dernier moment ? Pour lui écrire quelque chose de beau, d'humain, d'émouvant ? Était-ce un tendre message, une sorte de lettre d'amour pleine de regrets et de reconnaissance, la remerciant de lui avoir donné trente années de sa vie, de lui avoir repassé un million de chemises, cuisiné un million de repas, de lui avoir fait un million de lits, une lettre qu'elle pourrait lire et relire tous les jours et qu'elle garderait dans sa boîte à bijoux, sur sa coiffeuse.

« Il est difficile d'imaginer les sentiments d'un homme qui est sur le point de mourir », se dit Mme Pearl. Elle serra l'enveloppe sous le bras et pressa le pas.

Rentrée chez elle, elle se dirigea tout droit vers la salle de séjour. Sans même enlever son chapeau ni son manteau, elle s'assit sur le sofa, ouvrit l'enveloppe et examina son contenu. Elle trouva quinze ou vingt feuilles de papier blanc réglé, retenues par une agrafe et que couvrait la petite écriture ferme et serrée aux lignes descendantes qui lui était si familière. Mais lorsqu'elle vit la densité du texte, le ton sec, l'introduction dépourvue de gentillesse, elle ne put s'empêcher de devenir soupçonneuse.

Elle leva les yeux. Puis elle alluma une cigarette, en tira une bouffée et la laissa dans le cendrier.

« Si c'est au sujet de ce que je pense, se dit-elle, je préfère ne pas la lire. »

Mais peut-on refuser de lire une lettre posthume ?

Oui.

Bien...

Son regard se posa sur le fauteuil vide de William, de l'autre côté de la cheminée. Un grand fauteuil de cuir marron. Au milieu, le creux qu'avait fait son séant au cours des ans. Plus haut, sur le dossier, une tache sombre et ovale, là où il avait coutume de poser sa tête quand il lisait tandis qu'elle s'asseyait sur le sofa, en face de lui, pour recoudre des boutons, raccommoder des chaussettes ou poser une pièce au coude d'une de ses vestes. De temps à autre, il levait sur elle un regard, attentif, certes, mais étrangement impersonnel, comme s'il calculait quelque chose. Elle n'avait jamais beaucoup aimé ses yeux. Ils étaient d'un bleu de glace, petits, plutôt rapprochés, séparés par deux profonds traits verticaux et désapprobateurs. Ils n'avaient jamais cessé de la guetter. Et même maintenant qu'elle était seule depuis huit jours, elle les sentait encore parfois péniblement présents, et qui la suivaient partout, et qui la fixaient depuis la porte, depuis les chaises vides, ou même par la fenêtre, la nuit.

Lentement, elle tira de son sac une paire de

lunettes et les chaussa. Puis, à la lueur du soleil couchant, elle se mit à lire :

« Cette note, ma chère Mary, est pour vous seule et vous sera remise peu après ma mort.

« Ne vous alarmez pas à la vue de toutes ces pages. Je tente simplement de vous faire comprendre ce que Landy va faire de moi, quels sont ses principes, ses espoirs, et pourquoi j'ai donné mon accord. Vous êtes ma femme et comme telle, vous ne devez pas ignorer ces choses. Au cours des derniers jours, j'ai essayé vainement de vous parler de Landy, mais vous refusiez obstinément de m'écouter. Comme je vous l'ai déjà fait remarquer, c'est là une attitude stupide et qui ne me paraît pas absolument dépourvue d'égoïsme. Elle est due en grande partie à votre ignorance, et je suis persuadé que si vous aviez connu tous les faits, vous auriez aussitôt changé d'avis. C'est pourquoi j'espère que, lorsque je ne serai plus là et que votre esprit sera moins absorbé, vous consentirez à m'écouter avec plus d'attention à travers ces pages. Je suis certain que, lorsque vous aurez lu mon récit, votre antipathie s'évanouira pour faire place à l'enthousiasme. J'ose

même espérer que vous éprouverez un peu de
fierté.

« Il faut que vous me pardonniez, si vous le
voulez bien, la froideur de mon style, mais
c'est la seule manière que je connaisse de vous
transmettre clairement mon message. Voyez-
vous, à mesure que ma fin approche, je sens
naître en moi toutes sortes de sentiments.
Chaque jour, mon désenchantement se fait
plus violent, surtout le soir, et si je ne me sur-
veille pas rigoureusement, mes émotions iront
jusqu'à inonder ces pages.

« Je désire, par exemple, écrire quelque
chose sur vous, pour dire quelle épouse satis-
faisante vous avez été pour moi pendant toutes
ces années. Et je me promets que, si je trouve
encore le temps et la force de le faire, je le
ferai.

« J'aspire aussi à parler de cet Oxford où j'ai
vécu et enseigné durant les dernières dix-sept
années. J'aimerais dire ce que signifie pour
moi la gloire de ce haut lieu, exprimer l'émotion que j'éprouve à l'idée d'avoir eu l'hon-
neur d'y travailler. Toutes les choses, tous les
endroits que j'ai aimés me reviennent maintenant, entre ces tristes murs. Les images sont

belles et pleines de clarté, et aujourd'hui, je ne sais pour quelle raison, je les revois avec plus de netteté que jamais. Le sentier qui longe le lac de Worcester College et où Lovelace avait coutume de se promener. Le portail de Pembroke. Le panorama qu'on découvre du haut de la tour Magdalen. Le grand vestibule de Christchurch. Le petit jardin de rocaille de St. Johns où j'ai compté plus de douze variétés de campanules, dont la rare et précieuse C. Waldsteiniana. Eh bien, vous voyez ? Je n'ai même pas commencé mon récit et me voilà qui tombe déjà dans le piège. Je vais donc commencer maintenant. Lisez lentement, ma chère, et chassez la tristesse, la désapprobation, enfin tout sentiment qui pourrait vous empêcher de comprendre. Oui, promettez-moi de lire lentement, dans un état d'esprit dépourvu d'impatience et d'inquiétude.

« Les détails de la maladie qui m'a terrassé dans la force de l'âge vous sont connus. Inutile de perdre du temps pour en parler, ne serait-ce que pour admettre que j'ai été stupide de n'avoir pas consulté plus tôt mon médecin. De nos jours, le cancer est une des rares maladies qui résistent aux médicaments nouveaux. Il peut être opéré s'il n'est pas encore trop étendu. Mais, en ce qui me concerne, non seulement je l'avais signalé trop tard, mais la chose a eu le toupet de m'attaquer au pancréas, ce qui rendait impossible et l'opération et la survie.

« Voilà donc où j'en étais : il me restait un à six mois à vivre et je devenais plus mélancolique à chaque heure lorsque, tout à coup, survint Landy.

« C'était il y a six semaines, un mardi matin, très tôt, bien avant l'heure de votre visite, et lorsque je le vis entrer, je sentis qu'il avait quelque chose de peu ordinaire à me dire. Il ne marchait pas sur la pointe des pieds, embarrassé et bredouillant comme tous mes autres visiteurs. Il entra, fort, décidé, souriant, s'approcha à grands pas de mon lit, me regarda de ses yeux brillants et dit : "William, mon vieux, c'est parfait. Vous êtes exactement ce qu'il me faut."

« Je dois peut-être vous apprendre que, bien que John Landy ne soit jamais venu chez nous, et que vous l'ayez vu rarement, sinon jamais, nous sommes amis depuis neuf ans au moins.

Certes, je suis avant tout professeur de philo-
sophie, mais comme vous le savez, il m'est également arrivé de patauger dans la psychologie
un bon moment. C'est pourquoi les préoccu-
pations de Landy ne sont pas étrangères aux
miennes. C'est un remarquable neurochirur-
gien, un des meilleurs. Récemment encore, il
a eu la gentillesse de me laisser étudier les
résultats de quelques-uns de ses travaux, surtout les divers effets de lobectomie préfrontale
sur quelques types de psychopathes. Donc,
vous voyez que, lorsqu'il a surgi dans ma
chambre ce mardi matin, nous n'étions nulle-
ment des inconnus l'un pour l'autre.

« "Écoutez, dit-il, approchant une chaise de
mon lit. Dans quelques semaines vous serez
mort. Vrai ?"

« Venant de Landy, la question n'avait rien
de brutal. D'une certaine manière, il était
même réconfortant de voir quelqu'un d'assez
courageux pour aborder le sujet défendu.

« "Vous allez mourir ici dans cette
chambre. Puis on vous emmènera pour vous
incinérer.

« — M'enterrer, dis-je.

« — C'est encore pire. Et ensuite ? Pensez-vous aller au ciel ?

« — J'en doute, dis-je. Il serait pourtant agréable d'y croire.

« — Ou en enfer peut-être ?

« — Je ne vois vraiment pas pourquoi on m'y enverrait.

« — On ne sait jamais, mon cher William.

« — Pourquoi parler de tout cela ?

« — Eh bien, dit-il sans me quitter des yeux, c'est que, personnellement, je ne crois pas que vous puissiez jamais entendre parler de vous après votre mort... à moins que..."

« Il s'arrêta, sourit et se pencha plus près : "... à moins que vous ayez le bon sens de vous remettre entre mes mains. Pourriez-vous envisager d'examiner une proposition ?"

« Vu la façon dont il me fixait, me jaugeait, me prenait à partie avec une sorte de violence, j'aurais pu me croire un morceau de bœuf de première qualité qu'il venait d'acheter et qui, posé sur le comptoir, attendait d'être enveloppé.

« "Je ne plaisante pas, William. Pourriez-vous examiner une proposition ?

« — Mais je ne vois pas où vous voulez en venir !

« — Je vais justement vous le dire. M'écouterez-vous ?

« — Je veux bien, allez-y si vous y tenez. Au point où j'en suis, je n'ai rien à y perdre.

« — Au contraire, vous y gagnez beaucoup. Vous y gagnerez. Surtout *après votre mort.*"

« A ces mots, il s'attendait sans aucun doute à me voir sursauter, mais pour je ne sais quelle raison, je n'éprouvai pas de réelle surprise. Je demeurai allongé, calme et immobile, sans cesser de regarder son visage où un sourire narquois retroussait lentement le coin gauche de la lèvre supérieure, découvrant quelques dents en or.

« "La chose qui nous intéresse ici, William, j'y ai travaillé pendant des années. En collaboration avec quelques collègues, surtout avec Morrison, j'ai réussi une série d'expériences sur des cobayes. Je suis maintenant en état de pouvoir expérimenter sur un être humain. C'est une grande idée. A première vue, elle peut paraître insolite, j'en conviens, mais au point de vue chirurgical, rien ne semble s'opposer à ce qu'elle soit praticable."

« Landy se pencha plus avant et posa ses deux mains sur le bord de mon lit. Il avait une bonne tête, une belle tête tout en os et son regard n'était pas celui d'un médecin ordinaire. Vous savez, ce regard qu'ils ont presque tous, et d'où jaillit un petit éclair électrique qui veut dire : "Je suis le seul à pouvoir vous sauver." Les yeux de Landy étaient vastes et vivants, pleins d'étincelles animées.

« "Il y a longtemps déjà, dit-il, j'ai vu un film. Un court métrage importé de Russie. C'était plutôt macabre, mais fort intéressant. On y voyait la tête d'un chien complètement séparée du corps, mais le sang continuait à circuler normalement par les veines et les artères à l'aide d'un cœur artificiel. Eh bien, voilà : cette tête de chien sans corps, posée sur une espèce de plateau, était VIVANTE. Le cerveau fonctionnait. Plusieurs expériences le prouvaient. Par exemple, quand on barbouillait le museau du chien de nourriture, la langue sortait pour la lécher. Et les yeux suivaient une personne qui se déplaçait dans la pièce.

« "Il en résultait donc logiquement que la tête et le cerveau n'ont pas besoin d'être reliés au corps pour rester en vie — pourvu, évidemment, qu'une provision de sang correctement oxygéné puisse être maintenue en circulation.

« "C'est ce film qui m'avait donné l'idée de retirer le cerveau d'un crâne humain et de le garder vivant et en parfait état de fonctionnement comme une unité indépendante et pour un temps illimité, après la mort de l'homme. Votre cerveau, par exemple, après votre mort.

« — Cette idée me déplaît, dis-je.

« — Ne m'interrompez pas, William, laissez-moi terminer. Toutes les expériences précédentes prouvent que le cerveau est un organe qui s'entretient remarquablement lui-même. Il sécrète son propre liquide cérébro-spinal. Les processus magiques de la pensée et de la mémoire qui prennent naissance à l'intérieur ne sont manifestement pas compromis par l'absence des membranes, ou du coffre, ou même du crâne pourvu que, comme je le disais, vous ayez soin de l'alimenter suffisamment en sang oxygéné, dans des conditions naturelles.

« "Mon cher William, pensez un peu à votre cerveau. Il est en parfait état. Il est empli de

ce que vous avez passé une vie à apprendre.
De longues années de travail ont été néces-
saires pour en faire ce qu'il est. Et il commence seulement à fournir des idées originales
de premier ordre. Doit-on le laisser mourir
avec le reste de votre corps, tout simplement
parce que votre sale petit pancréas est pourri
par le cancer?

« — Non, merci, lui ai-je dit alors. Cela suffit. Cette idée me répugne. Et même si vous
pouviez la réaliser, ce qui me paraît douteux,
ce serait sans aucune utilité. A quoi bon garder mon cerveau vivant si je ne peux ni parler
ni voir, ni entendre ni sentir? Pour ma part,
je ne puis rien imaginer de plus affreux.

« — Je crois que vous seriez capable de
communiquer avec nous, dit Landy. Et nous
pourrions même parvenir à vous donner une
part de vision. Mais n'allons pas trop vite. J'y
reviendrai plus tard. Partons du fait que vous
allez mourir bientôt quoi qu'il arrive. Et je n'ai
aucunement l'intention de vous toucher AVANT
que vous ne soyez mort. Allons, William. Aucun
véritable philosophe ne peut refuser de léguer
son corps à la science!

« — Quelque chose dans vos propos me

semble manquer de précision, répondis-je. Il me semble qu'il subsiste un doute sur mon état de mort ou de vivant quand vous en aurez fini avec moi.

« — Eh bien, dit-il avec un petit sourire, je crois que vous avez raison. Mais vous ne devriez pas discuter sur ce point avant d'en savoir un peu plus long.

« — Je refuse d'en entendre parler davantage, je vous l'ai déjà dit.

« — Prenez une cigarette, dit-il en me présentant son étui.

« — Je ne fume pas, vous le savez bien."

« Lui-même en alluma une avec un petit briquet en argent, pas plus grand qu'une pièce d'un shilling. "Un cadeau des gens qui me fabriquent mes instruments, dit-il. C'est ingénieux, n'est-ce pas ?"

« J'examinai le briquet, puis le lui rendis.

« "Je continue ? demanda-t-il.

« — Je n'y tiens pas du tout.

« — Pas d'histoires, restez tranquille et écoutez. Je suis sûr que vous finirez par vous y intéresser beaucoup."

« Il y avait un peu de raisin noir sur un plat,

près de mon lit. Je posai le plat sur ma poitrine et me mis à manger le raisin.

« "Au moment même de la mort, dit Landy, je devrai être près de vous pour pouvoir intervenir aussitôt afin de faire le nécessaire pour garder votre cerveau vivant.

« — Vous voulez dire : vivant dans la tête ?

« — Pour commencer, oui. C'est indispensable.

« — Et où le mettriez-vous ensuite ?

« — Si vous désirez le savoir, dans une sorte de cuvette.

« — Vous parlez sérieusement ?

« — Mais certainement. Je n'ai jamais été plus sérieux.

« — Bon, continuez.

« — Je suppose que vous savez que lorsque le cœur s'arrête et que le cerveau est privé de sang frais et d'oxygène, ses tissus meurent très vite, en quatre à six minutes environ. Même au bout de trois minutes, ils peuvent s'abîmer. Aussi dois-je intervenir très rapidement pour éviter cela. Mais, à l'aide de la machine, tout devrait être très simple.

« — Quelle machine ?

« — Le cœur artificiel. Nous avons reproduit ici l'original conçu par Alexis Carrel et Lindbergh. Il oxygène le sang, conserve sa température et sa tension normales et ainsi de suite. Ce n'est pas compliqué du tout.

« — Dites-moi ce que vous feriez au moment de la mort, dis-je. Par quoi commenceriez-vous ?

« — Avez-vous des notions du système vasculaire du cerveau ?

« — Non.

« — Alors, écoutez-moi. Ce n'est pas difficile. Le sang est fourni au cerveau par deux sources principales, les artères carotides internes et les artères cérébrales. Il y en a deux de chacune, cela fait quatre artères en tout. Compris ?

« — Oui.

« — Quant au système de retour, il est plus simple encore. Le sang est emmené par deux grandes veines seulement, les jugulaires internes. Donc, vous avez quatre artères qui montent — le long du cou naturellement — et deux veines qui descendent. A la hauteur du cerveau, elles se divisent naturellement en d'autres canaux, mais cela ne nous concerne plus. Nous n'y touchons jamais.

« — Bon, dis-je. Imaginez que je viens de mourir. Qu'allez-vous faire ?

« — Je vous ouvre immédiatement le cou et je localise les quatre artères. Dans chacune, je plante une grosse aiguille creuse. Ces quatre aiguilles sont reliées par des tubes au cœur artificiel.

« "Puis je me hâte de sectionner simultanément les veines jugulaires internes gauche et droite et je les relie également au cœur artificiel pour compléter le circuit. Ensuite nous mettons en marche la machine qui contient déjà une quantité du type de sang nécessaire, et vous voilà prêt. Le fonctionnement de votre cerveau est rétabli.

« — Je serais comme ce chien russe.

« — Je ne le pense pas. C'est que vous aurez certainement perdu conscience en mourant, et je doute fort que vous reveniez à vous avant un très long temps — si toutefois vous y revenez jamais. Mais, conscient ou non, avouez que vous serez dans une situation plutôt intéressante, n'est-ce pas ? Vous aurez un corps mort, froid, et un cerveau vivant !"

« Landy se tut pour savourer cette délicieuse perspective. Il était si enthousiasmé par cette idée que, de toute évidence, il ne lui venait même pas à l'esprit que je puisse ne pas partager ses sentiments.

« "Après quoi, nous pourrions nous permettre de prendre notre temps, poursuivit-il. Et, croyez-moi, nous en aurions besoin. La première chose à faire serait alors de vous transporter à la salle d'opérations, accompagné naturellement de la machine qui ne doit jamais vous quitter. Le problème suivant...

« — Bon, dis-je. Cela suffit. Je ne cherche pas à connaître les détails.

« — Mais si, vous devez les connaître. Vous ne devez pas ignorer ce qui vous arrivera au cours de l'opération. Car, vous savez, par la suite, quand vous aurez repris conscience, il sera beaucoup plus rassurant pour vous de pouvoir vous rappeler où vous êtes et COMMENT vous y êtes venu. Vous devez le savoir, ne serait-ce que pour la paix de votre esprit. D'accord ?"

« Je ne bougeai pas.

« "Donc le problème suivant serait de retirer votre cerveau intact et sans dommages de votre corps inerte. Le corps est inutile. En fait, il a déjà commencé à pourrir. Le crâne et la figure sont également hors d'usage. Ils sont tous deux encombrants et personne n'en voudra plus. Tout ce que je voudrai, c'est le cerveau, le beau cerveau propre, vivant, parfait. Alors, quand vous serez sur la table, je prendrai une scie, une petite scie mécanique, et je ferai ainsi sauter toute la boîte crânienne. Comme vous serez encore complètement inconscient, l'anesthésie sera inutile.

« — Inutile ? Et qu'en savez-vous ? dis-je.

« — Vous serez de bois, William, je vous le promets. N'oubliez pas que vous êtes MORT depuis quelques minutes.

« — On ne me sciera pas le crâne sans anesthésique", lui fis-je remarquer.

« Landy haussa les épaules. "Pour moi, vous savez, cela ne fait aucune différence. Je veux bien vous donner un peu de procaïne, pour vous faire plaisir. Je vous injecterai même de la procaïne plein le crâne, en partant du cou, pour vous être agréable.

« — Merci, vous êtes gentil, dis-je.

« — Vous savez, poursuivit-il, c'est extraordinaire, les histoires qui arrivent quelquefois. Tenez, la semaine dernière, on m'amène un type inconscient, je lui ouvre le crâne sans aucun anesthésique pour lui enlever un caillot de sang. Je suis encore en train de fouiller l'intérieur du crâne quand il se réveille et se met à parler.

« " 'Où suis-je ? fait-il.

« "— A l'hôpital.

« "— Ah ? Comme c'est drôle.'

« "Je lui demande si cela l'ennuie ce que je suis en train de lui faire.

« " 'Non, me dit-il, pas du tout. Que me faites-vous au juste ?

« "— J'enlève seulement un caillot de sang dans votre cerveau.

« "— Un QUOI ?

« "— Un caillot de sang. Ne bougez pas. J'ai presque fini.

« "— Alors, c'est cette saleté qui me donnait tous ces maux de tête...' "

« Landy s'arrêta et sourit en se rappelant son histoire. "C'est exactement ce qu'il m'a dit, le bonhomme. Vrai, le lendemain il ne se souvenait même plus de l'incident. C'est un drôle de truc, le cerveau.

« — Vous me donnerez de la procaïne, dis-je.

« — Comme vous voudrez, William. Où en étions-nous déjà ? Ah ! bon. Je prendrai donc une scie et je vous enlèverai soigneusement la boîte crânienne. J'aurai ainsi dégagé la partie supérieure de votre cerveau, c'est-à-dire la méninge extérieure. Je ne sais pas si vous savez qu'un cerveau a trois enveloppes, l'extérieure appelée dure-mère, celle du milieu qu'on appelle arachnoïde, et enfin celle de l'intérieur, la pie-mère. Car la plupart des gens ont l'air de croire que le cerveau est une masse nue qui flotte dans un liquide. Il n'en est rien. Le cerveau est enveloppé soigneusement dans ses méninges et le liquide cérébro-spinal coule dans un petit espace, entre les deux méninges internes, connu sous le nom d'espace subarachnoïde. Comme je vous l'ai déjà dit, ce liquide est sécrété par le cerveau, et il pénètre le système veineux par osmose.

« "Je vous laisserai vos trois méninges — n'ont-elles pas de jolis noms ? — je n'y toucherai pas. Il y a à cela plusieurs raisons, la moindre n'étant pas le fait que les canaux veineux parcourent la dure-mère, drainant le sang vers la jugulaire.

« "Maintenant, poursuivit-il, nous avons enlevé la partie supérieure du crâne et dégagé le haut du cerveau enveloppé dans ses méninges. L'étape suivante, c'est de la finasserie. Il s'agit de libérer tout le paquet, le plus proprement possible, en laissant les bouts des quatre artères et des deux veines pendre par en dessous afin qu'ils puissent être reconnectés à la machine. C'est une opération longue et délicate et qui a pour but d'extirper de nombreux os, de sectionner de nombreux nerfs, de couper et de nouer de nombreux vaisseaux sanguins. Le seul moyen d'avoir quelque espoir de succès serait de prendre un grattoir et d'arracher lentement le reste de votre crâne en l'épluchant comme une orange jusqu'à ce que le cerveau soit entièrement dégagé. Les problèmes soulevés sont strictement techniques et je ne les développerai pas davantage, mais je suis profondément convaincu que ce travail peut être fait. Ce n'est qu'une question de dextérité chirurgicale et de patience. Et n'oubliez pas que j'aurai tout mon temps, vu la présence du cœur artificiel qui ne cessera de fournir le sang afin de garder le cerveau en vie.

« "Maintenant, supposons que nous avons réussi à éplucher votre crâne et à dégager le cerveau. Il reste alors relié au corps à la base, principalement par la moelle épinière et par les deux grandes veines et les quatre artères. Alors, qu'allons-nous faire ?

« "Je sectionnerai la moelle épinière sous la première vertèbre cervicale, en prenant grand soin de ne pas endommager les deux artères cérébrales qui se trouvent dans cette région. Mais n'oubliez pas que la dure-mère ou méninge externe est ouverte à cet endroit pour recevoir la moelle épinière. Je dois donc recoudre les bords de la dure-mère pour fermer l'ouverture. Là, pas de problème.

« "Puis, c'est la dernière étape. Sur la table, j'aurai un bassin de forme spéciale, contenant ce que nous appelons la solution de Ringer. Alors je libère complètement le cerveau en sectionnant les artères et les veines. Puis je le prends simplement dans mes mains pour le déposer dans le bassin. Ce serait le seul moment de l'opération où le flux de sang serait interrompu. Mais une fois dans le bassin, je ne mettrais qu'un instant à relier les artères et les veines au cœur artificiel.

« "Nous y voilà. Votre cerveau est maintenant dans le bassin. Il est vivant et rien ne s'oppose à ce qu'il reste vivant pendant de longues années, pourvu que nous surveillions le sang et la machine.

« — Mais est-ce qu'il fonctionnerait?

« — Comment le saurais-je, mon cher William? Je ne puis même pas vous dire si vous reprendrez jamais conscience.

« — Et si cela arrivait?

« — Alors là! Ce serait fascinant!

« — Vous croyez? dis-je sans trop de conviction.

« — Mais bien sûr! Être là, en possession de toute votre intelligence, de toute votre mémoire...

« — Et ne pouvoir ni entendre, ni voir, ni sentir, ni parler, dis-je.

« — Tiens, s'écria-t-il. Je savais bien que j'oubliais quelque chose! Je ne vous ai pas encore parlé de l'œil. Écoutez-moi. Je tenterai de laisser l'un de vos nerfs optiques intact, ainsi que l'œil lui-même. C'est tout petit, le nerf optique, l'épaisseur d'un thermomètre, cinq centimètres de long. Il relie le cerveau à l'œil. Ce qui est étrange, c'est que ce n'est même pas un nerf. C'est une poche extérieure du cerveau et de la dure-mère dont elle suit le contour pour atteindre le globe de l'œil. L'envers de l'œil est ainsi en contact très proche avec le cerveau et le liquide cérébro-spinal est à sa portée.

« "Tout cela ne fait que servir ce qui nous intéresse et permet de penser qu'il me serait possible de conserver l'un de vos yeux. J'ai déjà construit une petite capsule en plastique pour y introduire le globe de l'œil. Cette capsule remplacera l'orbite et quand le cerveau sera dans le bassin, baignant dans la solution de Ringer, l'œil, dans sa capsule, flottera à la surface du liquide.

« — En regardant fixement le plafond, dis-je.

« — Oui, je suppose. Car, faute de muscle, il ne lui sera guère possible de bouger. Mais ce doit être déjà amusant en soi d'être là, confortablement installé dans un bassin, à scruter le monde.

« — Cela doit être tordant, en effet, dis-je. Et pourquoi pas une oreille, pendant que nous y sommes ?

« — J'aimerais mieux ne pas m'attaquer à l'oreille cette fois-ci.

« — Je veux une oreille, lui dis-je. J'y tiens absolument.

« — Impossible.

« — Je veux écouter du Bach.

« — Vous ne pouvez pas comprendre à quel point ce serait difficile, dit doucement Landy. L'appareil auditif est un mécanisme bien plus délicat que l'appareil visuel. De plus, il est encastré dans un os qu'une partie du nerf auditif relie au cerveau. Il me serait impossible de détacher cet ensemble tout en le laissant intact.

« — Ne pourriez-vous pas le laisser dans son os et transporter l'os dans le bassin ?

« — Non, répondit-il avec fermeté. La chose est déjà assez compliquée comme ça. Et de toute manière, si votre œil fonctionne, l'audition n'a pas une telle importance. Nous pourrons communiquer avec vous par des messages écrits. Il faut absolument que vous me laissiez décider de ce qui est possible et de ce qui ne l'est pas.

« — Je n'ai pas encore donné mon accord.

« — Je sais, William, je sais.

« — Et je suis loin encore d'être familiarisé avec cette idée.

« — Vous préférez être mort tout à fait ?

« — Peut-être. Je ne sais pas encore. Je ne pourrais pas parler, n'est-ce pas ?

« — Bien sûr que non.

« — Alors, comment communiquerais-je avec vous ? Comment sauriez-vous si je suis conscient ?

« — Il nous serait facile de le savoir, dit Landy. Un électro-encéphalographe ordinaire pourrait nous le dire. Nous attacherions les électrodes directement aux lobes frontaux de votre cerveau.

« — Et vous êtes sûr d'y arriver ?

« — Absolument. Ce travail peut être pratiqué dans n'importe quel hôpital.

« — Mais MOI je ne pourrais pas communiquer avec VOUS !

« — Eh bien, dit Landy, je crois que vous le pourriez. Il y a à Londres un homme appelé Wertheimer qui a entrepris un travail intéressant sur la communication de la pensée et j'ai pris contact avec lui. Vous savez certainement qu'un cerveau en action émet des décharges électriques et chimiques ? Et que ces décharges sont en forme d'ondes, un peu comme les ondes de radio ?

« — J'en ai entendu parler, dis-je.

« — Eh bien, ce Wertheimer a mis au point un appareil assez semblable à l'encéphalographe, mais beaucoup plus sensible, et il affirme que cet appareil lui permet d'interpréter instantanément les pensées d'un cerveau. Il produit une sorte de graphique traduisible, paraît-il, en langage intelligible. Voulez-vous que je demande à Wertheimer de venir vous voir ?

« — Non", dis-je. Landy avait l'air de croire que l'affaire était dans le sac et je lui en voulais. "Maintenant, lui dis-je, il vaut mieux que vous me laissiez seul. Vous n'obtiendrez rien en cherchant à me brusquer."

« Il se leva aussitôt pour se diriger vers la porte.

« "Une question", dis-je alors.

« Il s'arrêta, la main sur la poignée. "Oui, William ?

« — Simplement ceci. Croyez-vous sincèrement que mon cerveau, une fois dans le bassin, fonctionnera exactement comme il le fait à présent ? Le croyez-vous capable de penser et de raisonner comme je le fais, moi, actuellement ? Et ma mémoire, n'en souffrirait-elle pas ?

« — Je n'ai aucune raison de penser le contraire, répondit-il. C'est le même cerveau. Il est vivant. Il n'est pas abîmé. Personne n'y aura touché. Nous n'aurons même pas ouvert la dure-mère. Nous aurons seulement — et là est la grande différence — coupé tous les nerfs qui en partaient, à l'exception du nerf optique, ce qui signifie que votre pensée ne sera plus perturbée par les sens. Vous vivrez dans un monde extrêmement limpide et détaché de tout. Rien ne pourra vous gêner, pas même la douleur. Vous serez même incapable d'en éprouver puisque vous n'aurez plus de nerfs pour la transmettre. Dans un sens, ce sera une situation idéale. Pas d'ennuis, pas de craintes, pas de douleurs physiques. Ni faim ni soif. Et même aucun désir. Rien que votre mémoire et vos pensées, et si l'œil qui vous reste est en bon état, rien ne vous empêchera de lire des livres. Tout cela me paraît plutôt agréable.

« — Vraiment ?

« — Vraiment, William. Et surtout pour un philosophe. Ce serait une expérience passionnante. Vous pourriez méditer sur tous les problèmes du monde avec un détachement et une sérénité jamais atteints auparavant par aucun homme. Et qui sait? Vous pourriez avoir de grandes pensées, trouver des solutions idéales, des idées de génie qui révolutionneraient notre façon de vivre! Essayez donc d'imaginer le degré de concentration que vous seriez capable d'atteindre!

« — Et la frustration, dis-je.

« — C'est insensé. Il n'y aurait pas de frustration. Vous ne pouvez ressentir de frustration sans désir, et vous n'éprouverez aucun désir. Aucun désir physique, en tout cas.

« — Je pourrais me souvenir de ce que fut ma vie, et désirer y revenir.

« — Revenir, dans cette saloperie? Sortir de votre bassin douillet pour revenir dans ce bordel!

« — Une autre question, dis-je. Combien de temps pensez-vous pouvoir le maintenir vivant?

« — Le cerveau? Qui sait? Pour de très nombreuses années peut-être. Les conditions seraient idéales, grâce au cœur artificiel qui supprimerait les principales causes de détérioration. La tension artérielle serait égale constamment, ce qui est impossible dans une

vie réelle. La température aussi serait inva-
riable. La composition chimique du sang
serait à peu près parfaite. Pas d'impuretés,
pas de virus, pas de bactéries, rien. Bien sûr,
c'est une idée folle, mais je crois que, dans
ces conditions, un cerveau pourrait vivre
deux ou trois cents ans. Au revoir, cette fois,
dit-il, je vous quitte, nous nous reverrons
demain." Et il partit aussitôt, me laissant dans
un état d'esprit que vous imaginerez sans
peine.

« Ma première réaction après son départ fut
une invincible répugnance. Car l'histoire,
d'une manière ou d'une autre, était déplai-
sante. Je ne pouvais pas ne pas éprouver de
dégoût à l'idée d'être réduit, tout en gardant
mes facultés mentales intactes, à une petite
masse grisâtre flottant dans un peu d'eau.
C'était monstrueux, obscène, impie. Ce qui
m'ennuyait tout autant, c'était le sentiment
d'impuissance que je connaîtrais, une fois
dans mon bassin. Car alors, plus moyen de
revenir en arrière, de protester ou d'expliquer
quoi que ce soit. Je serais condamné à subir
cet état de choses aussi longtemps qu'ils
seraient capables de me garder vivant.

« Et qu'arriverait-il si la chose devenait insupportable ? Atrocement douloureuse ? Si je devenais hystérique ?

« Pas de jambes pour me sauver. Pas de voix pour hurler. Je devrais me contenter de supporter tout cela en grimaçant pendant les deux siècles à venir.

« Et alors, même pas de bouche pour grimacer.

« A ce moment, il me vint une curieuse pensée : Une jambe coupée, ne peut-elle pas faire mal encore ? Un amputé ne dit-il pas à son infirmière que les doigts de pieds qu'il n'a plus le démangent à le rendre fou, ou autre chose du même genre ? Si mes souvenirs sont exacts, j'en ai entendu parler assez récemment encore.

« Voilà. Mon idée, c'est que mon cerveau, tout seul dans son bassin, pourrait encore avoir mal à ce corps qu'il aurait perdu. Dans ce cas, tous mes maux physiques, toutes mes souffrances actuelles pourraient revenir et me submerger. Et je ne pourrais même pas prendre un cachet d'aspirine pour me soulager. Ainsi, je pourrais imaginer d'avoir une crampe douloureuse dans la jambe, ou une

violente indigestion. Une autre fois, j'imagi-
nerais que ma pauvre vessie — vous me
connaissez — est si pleine qu'elle va éclater si
je ne peux aller la vider immédiatement.

« Ah ! non, pas cela, mon Dieu !

« Je suis resté ainsi longtemps en compagnie
de mes horribles pensées. Puis soudain, vers
midi, mon humeur changea. Les aspects
déplaisants de cette affaire m'atteignaient
déjà moins et je me sentis capable d'examiner
les propositions de Landy avec plus de luci-
dité. N'était-il pas, après tout, me demandai-
je, plutôt réconfortant de penser que mon
cerveau survivrait à mon corps qui, lui, va
mourir dans quelques semaines ? Oui, c'était
en effet réconfortant. Car je suis plutôt fier de
mon cerveau. C'est un organe sensible, équi-
libré, magistral. Il contient un éventail prodi-
gieux de dates et de faits. En plus, il est
capable d'imagination et de raisonnement.
Un beau cerveau, je l'admets, bien que j'en
sois le propriétaire. Quant à mon corps, ce
pauvre vieux corps dont Landy cherche à se
débarrasser, — voyons, ma chère Mary, vous
conviendrez avec moi qu'il ne vaudra vrai-

ment pas la peine d'être conservé plus longtemps.

« J'étais allongé sur le dos, en train de manger du raisin qui, du reste, était délicieux. Je retirai de ma bouche trois petits pépins et les déposai sur le bord du plat.

« "J'accepterai, dis-je calmement. Oui, c'est bien cela. Demain, quand Landy reviendra me voir, je lui donnerai ma réponse affirmative."

« Ce fut donc aussi rapide que cela. Et à partir de ce moment, je me sentis beaucoup mieux. J'étonnai tout le monde en absorbant un copieux repas. Et un peu plus tard, ce fut votre visite, comme tous les jours.

« Vous m'avez trouvé en bonne forme. Et brillant. Et guilleret. Qu'était-il arrivé ? Y avait-il de bonnes nouvelles ?

« "Oui, ai-je répondu, il y en a." Et alors, si vous vous en souvenez, je vous ai demandé de vous asseoir confortablement et j'ai commencé aussitôt à vous expliquer avec beaucoup de ménagements de quoi il s'agissait.

« Hélas ! vous ne vouliez rien savoir. J'avais à peine commencé à vous donner des détails que vous vous êtes mise en colère, en répétant que la chose était révoltante, dégoûtante, horrible, impensable, et lorsque j'ai tenté de continuer, vous avez quitté la chambre.

« Ma chère Mary, comme vous le savez, j'allais essayer par la suite de discuter avec vous de nombreuses fois de ce sujet, mais vous persistiez à ne pas m'écouter. D'où cette lettre, et tout ce que je puis espérer, c'est que vous aurez le bon sens de la lire jusqu'au bout. J'ai mis beaucoup de temps à l'écrire. Deux semaines ont passé depuis que j'ai griffonné la première phrase et, à présent, je me sens bien plus faible qu'à cette époque. Je crains de n'avoir plus la force d'en dire davantage. Je ne vous dirai pas adieu, car il y a une chance, rien qu'une faible chance, que je puisse vous revoir plus tard si Landy réussit son expérience et si vous avez alors le courage de venir me rendre visite.

« Je donnerai l'ordre que ces pages ne vous soient remises qu'une semaine au moins après mon départ. Donc, au moment où vous les lisez, sept jours déjà ont passé depuis que Landy a effectué son travail. Vous en connaissez peut-être déjà le résultat. Sinon, si vous avez refusé volontairement d'y être mêlée, —

ce qui me paraît assez probable — je vous en prie, changez maintenant d'attitude et téléphonez à Landy pour lui demander ce qu'il est advenu de moi. C'est le moins que vous puissiez faire. Je lui ai dit qu'il pouvait s'attendre à avoir de vos nouvelles dès le septième jour.

« Votre fidèle mari,

« WILLIAM. »

« *P.-S.* — Après mon départ, ayez la bonté de ne pas oublier qu'il est plus difficile d'être une veuve qu'une épouse. Ne buvez pas de cocktails. Ne dépensez pas trop d'argent. Ne fumez pas. Ne mangez pas de pâtisserie. Ne mettez pas de rouge à lèvres. N'achetez pas la télévision. Quand viendra l'été, ayez soin de sarcler mes parterres de rosiers et mon jardin de rocaille. Et, incidemment, je vous suggère de faire couper le téléphone maintenant que je n'aurai plus à m'en servir.

« W. »

Mme Pearl posa doucement la dernière feuille sur le sofa à côté d'elle. Sa bouche était pincée et ses narines avaient blanchi.

Non, mais vraiment ! Une veuve n'a-t-elle pas droit à un peu de paix après toutes ces années ?

Tout cela était trop affreux. Inhumain et affreux. Cela lui donnait des frissons.

Dans son sac, elle prit une autre cigarette. Elle l'alluma, inspira profondément et remplit la pièce de nuages de fumée. Entre ces nuages, elle pouvait voir son poste de télévision flambant neuf, lustré, majestueux, hissé triomphalement, mais aussi avec un petit air de défi, sur ce qui avait été la table de travail de William.

« S'il voyait ça », se dit-elle.

Elle se rappela alors la dernière fois qu'il l'avait surprise en train de fumer. C'était environ un an plus tôt, elle était assise dans sa cuisine, près de la fenêtre ouverte, fumant avec rapidité avant qu'il ne rentre du travail. La radio jouait bruyamment une musique de danse. Elle s'était retournée pour se verser une autre tasse de café et il avait surgi sur le seuil, immense et redoutable, la fixant de ses yeux troués de noire fureur.

Pendant les quatre semaines suivantes, il avait payé lui-même toutes les factures et ne lui avait pas donné d'argent du tout, mais naturellement il ignorait qu'elle avait six livres dissimulées dans une boîte de potage en poudre, dans un placard, sous l'évier.

« Pourquoi cela ? lui avait-elle demandé un jour pendant le repas. Craignez-vous que je n'attrape un cancer du poumon ?

— Non, avait-il répondu.

— Alors pourquoi n'ai-je pas le droit de fumer ?

— Parce que je le réprouve, voilà tout. »

Il avait aussi réprouvé les enfants et, par conséquent, ils n'en avaient jamais eu.

Où était-il à présent, son William, le grand réprobateur ?

Landy attendait son coup de téléphone. Devait-elle lui téléphoner ?

A vrai dire, non.

Elle finit sa cigarette, puis elle en alluma une autre avec le feu de la précédente. Elle regarda le téléphone, posé sur la table de travail, à côté du poste de télévision. Il l'avait priée tout particulièrement d'appeler Landy dès qu'elle aurait lu la lettre. Elle hésita, luttant contre ce sens du devoir si profondément enraciné qu'elle n'osait pas encore rejeter complètement. Puis, lentement, elle se leva et se dirigea vers le téléphone. Elle trouva le numéro dans l'annuaire, le composa et attendit.

«J'aimerais parler au docteur Landy, s'il vous plaît.

— Qui est à l'appareil?

— Mme Pearl. Mme William Pearl.

— Ne quittez pas.»

Presque aussitôt, Landy fut au bout du fil.

«Madame Pearl?

— Oui.»

Il y eut un petit silence.

«Vous avez bien fait de m'appeler, madame. J'espère que vous allez bien!» La voix était calme, courtoise, sans émotion. «Vous serait-il possible de venir à l'hôpital? Nous pourrions bavarder un peu. Vous désirez certainement savoir comment cela s'est passé?»

Elle ne répondit pas.

«Je peux vous dire dès maintenant que tout s'est déroulé dans les meilleures conditions. Bien mieux, en fait, que je n'osais l'espérer. Car non seulement il est vivant, madame, mais il est conscient. Il a repris conscience le deuxième jour. N'est-ce pas intéressant?»

Elle attendit la suite de son récit.

« Et l'œil voit. Nous en sommes certains car les vibrations qu'émet l'encéphalographe changent dès que nous tenons quelque chose devant l'œil. A présent, nous lui donnons le journal à lire, régulièrement.

— Quel journal ? s'enquit vivement Mme Pearl.

— Le *Daily Mirror*. A cause de la grosseur des titres.

— Il hait le *Mirror*. Donnez-lui le *Times*.

— Très bien, madame, dit le docteur après un silence. Nous lui donnerons le *Times*. Nous ferons, bien entendu, tout notre possible pour que ce soit heureux.

— Il, dit Mme Pearl. Pas ce. Il.

— Il, répéta le docteur. Je vous demande pardon. Pour qu'il soit heureux. C'est une des raisons pour lesquelles je serais bien content de vous voir ici le plus tôt possible. Je crois que cela lui ferait du bien s'il vous voyait. Vous pourriez lui montrer votre joie de le retrouver — lui sourire, lui envoyer un baiser, que sais-je ? Ce serait réconfortant pour lui. »

Il y eut un long silence.

« Bien, dit Mme Pearl d'une voix soudain douce et lasse. Je passerai le voir.

— Parfait. Je savais bien que vous le feriez. Je vous attends. Montez directement à mon bureau, au deuxième. A tout à l'heure. »

Une demi-heure plus tard, Mme Pearl était à l'hôpital.

« N'ayez surtout pas l'air trop étonnée par son aspect », dit Landy qui marchait à côté d'elle le long d'un couloir.

« Non.

— Au départ, cela va vous faire un choc. Je crains qu'il ne soit pas très agréable à voir dans son état actuel.

— Je ne l'ai pas épousé pour son apparence, docteur. »

Landy tourna la tête et la regarda. « Quelle étrange petite femme », pensa-t-il, avec ces grands yeux, cet air maussade et buté. Ses traits qui devaient avoir été fort plaisants dans sa jeunesse se trouvaient comme estompés par l'âge. La bouche était molle, les joues flasques. Tout le visage donnait l'impression d'être lentement mais sûrement tombé en morceaux au cours d'une longue existence d'épouse sans joie. Ils marchèrent en silence.

« Prenez votre temps en entrant, dit enfin Landy. Il ne saura pas que vous êtes là avant que vous ne placiez votre visage juste au-dessus de son œil. L'œil est toujours ouvert, mais il ne peut pas le remuer, aussi son champ visuel est-il très étroit. Pour le moment, il regarde fixement le plafond. Et naturellement, il n'entend rien. Nous pouvons parler autant que nous voudrons. Il est là. »

Landy ouvrit une porte et l'introduisit dans une petite pièce carrée.

« A votre place, je ne m'approcherais pas trop pour l'instant, dit-il en lui posant une main sur le bras. Restez un peu en arrière avec moi, le temps de vous habituer. »

Au centre de la pièce, sur une haute table blanche, il y avait un bol blanc de la taille d'une cuvette. Il en sortait une demi-douzaine de fins tubes en matière plastique. Ces tubes étaient reliés à un ensemble de tuyaux de verre où l'on voyait circuler le sang. Le cœur artificiel, lui, émettait un son doux de pulsation rythmée.

« Il est là, dit Landy en désignant le bassin qui était si haut qu'elle ne pouvait pas voir son contenu. Approchez-vous un peu plus. Pas trop près. »

Il la fit avancer de deux pas.

En allongeant le cou, Mme Pearl pouvait voir maintenant la surface du liquide que contenait le bassin. Il était clair et immobile et il y flottait une petite capsule ovale, de la grosseur d'un œuf de pigeon.

« Voilà l'œil, dit Landy. Pouvez-vous le voir ?

— Oui.

— Il semble en parfait état. C'est son œil droit, et l'enveloppe de plastique est munie d'une lentille correspondant à celle de ses propres lunettes. En ce moment, il voit probablement aussi bien qu'avant.

— Il n'y a pas grand-chose à voir au plafond, dit Mme Pearl.

— Ne vous tourmentez pas pour cela. Nous envisageons de mettre au point tout un programme pour le divertir, mais nous ne voulons pas aller trop vite.

— Donnez-lui un bon livre.

— Nous le ferons, nous le ferons. Vous sentez-vous bien, madame ?

— Oui.

— Alors, approchons-nous un peu plus, et vous verrez le tout. »

Ils se trouvaient maintenant à deux mètres

environ de la table. De là, sa vue plongeait droit dans le bassin.

« Voilà, dit Landy. Voilà William. »

Il était bien plus gros qu'elle ne l'avait imaginé. Et d'une couleur sombre. Avec toutes ses stries et tous ses plis, il lui rappelait une énorme noix séchée. Les bouts des quatre artères et des deux veines étaient visibles, ainsi que la façon impeccable dont ils avaient été reliés aux tubes de plastique. Et à chaque palpitation du cœur-robot, tous les tubes frémissaient à l'unisson du sang qui s'écoulait à travers eux.

« Il faudra vous pencher par-dessus, dit Landy, et placer votre charmant visage juste au-dessus de l'œil. Alors il vous verra et vous pourrez lui sourire et lui envoyer un baiser. Si j'étais vous, je lui dirais quelques mots gentils. Bien qu'il ne les entende pas, il en devinera certainement le sens.

— Il a horreur qu'on lui envoie des baisers, dit Mme Pearl. Je ferai à mon idée, si cela ne vous ennuie pas. » Elle s'approcha du bord de la table, se pencha au-dessus du bassin et regarda droit au fond de l'œil de William.

«Bonjour, mon cher, murmura-t-elle. C'est moi — Mary. »

L'œil qui semblait n'avoir rien perdu de son éclat la fixa avec une étrange intensité.

«Comment allez-vous, mon cher? fit-elle. »

La capsule étant transparente, on apercevait le globe oculaire dans son intégrité. Le nerf optique qui reliait l'œil au cerveau ressemblait à un long spaghetti gris.

«Vous sentez-vous tout à fait bien, William ? »

C'était une sensation bizarre que de fouiller cet œil sans visage. Pas de traits, rien, rien que cet œil. A force de le fixer elle le voyait de plus en plus grand. Il finit par devenir à lui seul une sorte de visage, avec son réseau de fines veines rouges qui marbraient le blanc du globe. Dans le bleu glacial de l'iris se dessinaient trois ou quatre belles raies noirâtres partant du centre de la pupille qui, elle, était noire et dilatée, avec une étincelle de chaque côté.

«J'ai reçu votre lettre, mon cher, et je suis venue vous voir aussitôt. Le docteur Landy me dit que tout va merveilleusement bien. Peut-être, si je parle lentement, vous arrivez à comprendre ce que je dis, en lisant sur mes lèvres. »

Il n'y avait pas de doute : l'œil la regardait.

« On fera tout pour vous rendre heureux, mon cher. Cette merveilleuse machine pompe sans cesse et je suis sûre qu'elle vaut bien mieux que ces sales vieux cœurs que nous avons tous. Les nôtres peuvent craquer à n'importe quel moment tandis que celui-ci ne s'arrêtera jamais. »

Elle examinait l'œil avec attention, cherchant à découvrir ce qui lui donnait cet aspect inhabituel.

« Vous avez l'air très bien, mon cher. Très-très bien, vraiment. »

Il paraissait infiniment plus beau, cet œil, que tous les yeux qu'elle lui avait jamais vus. Il avait de la douceur, de la sérénité, une sorte de bonté même qu'elle découvrait pour la première fois. C'était peut-être à cause de la pupille. Les pupilles de William avaient toujours été comme des pointes d'aiguilles noires. Étincelantes, elles vous perçaient jusqu'à la moelle, regardaient à travers vous, sachant toujours immédiatement ce que vous alliez faire, et même ce que vous pensiez. Alors que

celle qui s'offrait maintenant à ses yeux était
vaste et douce, presque comme une pupille de
bon gros veau.

« Êtes-vous sûr qu'il est conscient ? demanda-
t-elle sans lever les yeux.

— Oh oui, absolument, dit Landy.

— Et il me VOIT ?

— Parfaitement.

— Mais c'est merveilleux ! Le voilà sûrement qui se demande ce qui lui arrive.

— Pas du tout. Il sait parfaitement où il est
et pourquoi il y est. Il ne peut pas l'avoir
oublié.

— Vous voulez dire qu'il SAIT qu'il est dans
ce bassin ?

— Naturellement. Et si seulement il pouvait parler, il échangerait avec vous des propos
parfaitement normaux, à l'instant même. Je
ne vois absolument pas de différence d'ordre
mental entre ce William qui est sous vos yeux
et celui que vous connaissiez avant.

— EXTRAORDINAIRE », dit Mme Pearl.
Puis elle se tut pour examiner cet aspect pas-
sionnant de la situation.

« Je me demande, se dit-elle, regardant cette
fois-ci l'envers de l'œil et examinant attenti-

vement la grosse noix pulpeuse qui gisait si paisiblement sous l'eau, je me demande si je ne le préfère pas sous sa forme actuelle. C'est vrai, je crois que je pourrais vivre très agréablement avec cette espèce-là de William. Cela irait même très bien. »

« Silencieux, n'est-ce pas ? dit-elle.

— Naturellement qu'il est silencieux. »

« Pas de disputes, pas de critiques, pensa-t-elle. Pas de reproches incessants, pas d'ordres à respecter, pas d'interdiction de fumer, pas de regards froids et réprobateurs, le soir, par-dessus le livre. Pas de chemises à laver et à repasser, pas de repas à préparer. Rien que le rassurant battement du cœur-robot qui n'était certainement pas assez bruyant pour l'empêcher d'entendre la télévision.

« Docteur, dit-elle, il me semble que j'éprouve tout à coup pour lui une affection démesurée. Est-ce que cela vous paraît anormal ?

— Je crois que c'est parfaitement compréhensible.

— Il a l'air si attendrissant, si petit, là, tout silencieux, sans défense, dans son bassin.

— Oui, je comprends.

— On dirait un bébé, voilà à quoi il me fait penser. A un tout petit bébé. »

Landy, immobile derrière elle, la regardait.

« Voilà, dit-elle avec douceur, penchée sur le bassin. Désormais, c'est Mary TOUTE SEULE qui veillera sur vous. Et vous n'aurez plus à vous inquiéter de rien. Quand puis-je le ramener à la maison, docteur ?

— Pardon... ?

— Je vous demande quand je pourrai le ramener. Le ramener chez moi !

— Vous plaisantez », dit Landy.

Elle tourna lentement la tête et le regarda droit dans les yeux. « Pourquoi plaisanterais-je ? » demanda-t-elle. Son visage était lumineux, ses yeux ronds et scintillants comme deux diamants.

« Mais il n'est pas transportable.

— Je ne vois pas pourquoi.

— Il s'agit d'une expérience, madame.

— C'est mon mari, docteur ! »

Un étrange petit sourire nerveux apparut sur la bouche de Landy. « Eh bien !... fit-il.

— C'EST MON MARI, vous savez. » Il n'y avait pas de colère dans sa voix. Elle parlait avec beaucoup de calme, avec fermeté.

«On pourrait discuter sur ce point, dit Landy, se mouillant les lèvres. Vous êtes une veuve à présent, madame. Et je crois que vous devriez vous y résigner.»

Elle s'écarta alors de la table pour se diriger vers la fenêtre. «Je n'ai qu'une chose à vous dire, fit-elle en fouillant son sac à la recherche d'une cigarette, je désire le ramener.»

Sous le regard scrutateur de Landy, elle mit la cigarette entre ses lèvres et l'alluma. «A moins que je ne me trompe, pensa Landy, cette femme a un comportement très bizarre. On la dirait plutôt contente d'avoir son mari dans le bassin.» Il tenta d'imaginer quels seraient ses sentiments à lui si le cerveau de SA femme se trouvait dans le bassin et si SON œil à ELLE le regardait par cette capsule.

Non, l'idée était pénible.

«Si nous retournions à mon bureau?» dit-il.

Elle fumait sa cigarette près de la fenêtre, l'air tout à fait calme et détendue.

«Très bien.»

En passant devant la table, elle s'arrêta et se pencha de nouveau sur le bassin. «Mary s'en va maintenant, mon chéri, dit-elle. Ne vous inquiétez de rien, promis? Nous allons vous ramener à la maison, et là, nous veillerons sur vous. Et écoutez bien, mon chéri... » A ce moment, elle s'interrompit pour tirer longuement sur sa cigarette.

L'œil lança aussitôt un éclair.

Elle ne le quittait pas des yeux et vit, au centre, un minuscule mais brillant éclat. En une fraction de seconde, la pupille se contracta en une pointe d'épingle noire et menaçante.

Elle demeura d'abord immobile. Courbée sur le bassin, la cigarette à la main, elle regarda l'œil.

Puis, avec une extrême lenteur, elle remit délibérément la cigarette entre ses lèvres et inspira profondément. Elle garda la fumée quelques secondes dans ses poumons, puis, hop ! la rejeta par le nez en deux minces filets qui firent des ricochets sur l'eau du bassin pour former enfin un épais nuage bleuté qui allait envelopper l'œil.

Près de la porte, Landy, de dos, attendait. « Venez, madame ! » dit-il.

« Ne prenez pas cet air fâché, William, dit-elle doucement. Cela ne vous va pas du tout, cet air fâché. »

Intrigué, Landy tourna la tête.

« Cela ne sert plus à rien, murmura-t-elle. Car à partir de ce jour, mon poussin, vous allez faire exactement ce que Mary voudra. Compris ?

— Madame Pearl, dit Landy en s'approchant.

— Alors ne faites plus le vilain petit garçon, n'est-ce pas, mon bijou, dit-elle, tirant une nouvelle bouffée de sa cigarette. Les vilains petits garçons, on les punit sévèrement, vous devriez le savoir... »

Landy était maintenant derrière elle. Il la prit par le bras et, doucement mais fermement, se mit à l'écarter de la table.

« A bientôt, mon chéri, dit-elle encore.

— Cela suffit, madame Pearl !

— N'est-il pas adorable ? s'écria-t-elle en regardant Landy de ses gros yeux brillants. N'est-il pas mignon ? J'ai hâte de le ramener à la maison ! »

Gelée royale

« Je suis désespérée, Albert, désespérée à en mourir, vraiment », dit Mme Taylor.

Ses yeux ne quittaient pas un instant le bébé qui demeurait immobile au creux de son bras gauche.

« Tout ce que je sais, c'est que quelque chose ne va pas. »

La peau du bébé, terriblement tendue sur les os du visage, avait une transparence de nacre.

« Essaye encore, dit Albert Taylor.

— Cela ne servirait à rien.

— Il faut continuer, Mabel », dit-il.

Elle retira le biberon de sa casserole d'eau chaude et fit couler quelques gouttes de lait sur son poignet pour en contrôler la température.

«Viens, murmura-t-elle. Viens, mon bébé. Réveille-toi et mange un peu. »

La petite lampe posée sur la table la baignait d'une douce lumière jaune.

«S'il te plaît, dit-elle. Mange. Rien qu'une goutte. »

Le mari la surveillait par-dessus son magazine. Elle était à moitié morte d'épuisement, il pouvait le voir, et son pâle visage ovale, si calme et si serein d'habitude, avait les traits tirés et une expression de désespoir. Mais même ainsi, sa façon de pencher la tête sur le bébé lui paraissait étrangement belle.

«Tu vois, murmura-t-elle. Il n'y a rien à faire. Elle n'en veut pas. »

Elle leva le biberon vers la lumière pour en examiner le contenu.

«Un centilitre. C'est tout ce qu'elle a bu. Non — même pas. Les trois quarts seulement. Ce n'est pas assez pour qu'elle vive, Albert, vraiment, ça ne suffit pas. Je suis à bout.

— Je sais, dit-il.

— Si seulement je pouvais trouver ce qu'elle a !

— Elle n'a rien, Mabel. Ce n'est qu'une question de temps.

— Elle a sûrement quelque chose.

— Le docteur Robinson dit qu'elle n'a rien.

— Regarde, dit-elle en se levant. Tu ne vas pas me dire que c'est normal, un bébé de six semaines qui pesait quatre livres à sa naissance et qui, depuis, ne cesse de perdre du poids ! Regarde ses jambes ! Elles n'ont que la peau sur les os ! »

Le minuscule bébé reposait mollement sur son bras.

« Le docteur Robinson dit qu'il faut cesser de t'inquiéter. Et l'autre a dit la même chose.

— Ah ! fit-elle. Voilà qui est merveilleux ! Je dois cesser de m'inquiéter !

— Voyons, Mabel.

— Que dois-je faire alors ? Considérer cela comme une bonne plaisanterie ?

— Personne ne te le demande.

— Je hais les médecins ! Je les hais tous ! » cria-t-elle. Puis elle traversa rapidement la chambre et monta l'escalier en emportant le bébé dans ses bras.

Albert Taylor demeura seul.

Un peu plus tard, il l'entendit aller et venir à petits pas rapides et nerveux dans la chambre à coucher, juste au-dessus de lui. Bientôt les pas s'arrêteraient et il lui faudrait alors se lever et monter la rejoindre. Et, en entrant dans la chambre, il là trouverait assise près du berceau comme tous les soirs, en contemplant l'enfant, immobile, les larmes aux yeux.

« Elle se meurt, Albert, dirait-elle.

— Mais non.

— Elle est mourante. Je le sais. Et... Albert ?

— Oui ?

— Je sais que tu le sais aussi, mais que tu ne veux pas l'admettre ! C'est bien ça, n'est-ce pas ? »

C'était pareil chaque soir, depuis des semaines.

Voilà huit jours, ils avaient ramené l'enfant à l'hôpital. Le médecin l'avait examinée avec soin, puis il avait déclaré que tout allait bien.

« Nous avons attendu neuf ans avant d'avoir ce bébé, docteur, avait dit Mabel. Je crois que, s'il lui arrivait quelque chose, j'en mourrais. »

C'était la semaine dernière et, depuis, le bébé avait perdu encore cent cinquante grammes.

Mais, s'inquiéter, cela ne sert à rien, se disait

Albert Taylor. On n'avait qu'à faire confiance au médecin. Il saisit le magazine qui était encore sur ses genoux et jeta un coup d'œil furtif sur la table des matières pour y lire :

Depuis toujours, Albert Taylor était fasciné par tout ce qui concernait les abeilles. Petit garçon, il lui arrivait souvent de les prendre dans ses mains nues et de courir ainsi vers sa mère pour les lui montrer. Quelquefois, il les mettait sur son visage et les laissait se promener sur ses joues et sur son cou et, ce qui était extraordinaire, c'est qu'elles ne le piquaient jamais. Au contraire, elles étaient heureuses en sa compagnie. Elles ne s'envolaient jamais et, pour s'en débarrasser, il lui fallait les écarter gentiment avec ses doigts. Et même alors, elles revenaient presque toujours sur son bras, sur sa main ou sur son genou, partout où la peau était nue.

Son père qui était maçon disait qu'il devait y avoir une espèce de sorcellerie chez ce garçon, une sorte de fluide nocif qui filtrait par les pores de sa peau. Et que cela ne promettait rien de bon, un gosse qui hypnotise les insectes. Mais sa mère disait que c'était un don accordé par la grâce de Dieu. Elle allait même jusqu'à le comparer à saint François d'Assise.

A mesure qu'il grandissait, la passion d'Albert pour les abeilles devenait une véritable obsession et, à douze ans, il avait déjà construit sa première ruche. L'été suivant, il avait capturé son premier essaim. Deux ans plus tard, à quatorze ans, il n'avait pas moins de cinq ruches le long de la palissade de la petite cour paternelle, et déjà, en dehors de la production courante du miel, il pratiquait le travail délicat et compliqué qu'était l'alimentation de ses propres reines, en greffant des larves dans des alvéoles artificiels et ainsi de suite.

Il n'avait jamais besoin de fumée pour entrer dans une ruche et il ne mettait jamais de gants ni de masque. De toute évidence, il y avait une étrange complicité entre ce garçon et les abeilles, et au village, dans les boutiques et dans les cafés, on se mit à parler de lui avec un certain respect et les gens prirent l'habitude de venir acheter son miel.

A dix-huit ans, il avait loué une acre de terrain inculte, le long d'une cerisaie, au fond de la vallée, à un mille du village, pour y installer sa propre affaire. A présent, onze ans plus tard, il était toujours au même endroit, mais il possédait six acres de terre, deux cent quarante ruches bien pleines et une petite maison qu'il avait presque entièrement construite de ses propres mains. Il s'était marié à vingt ans, et cela, mis à part le fait qu'il leur avait fallu attendre neuf ans avant d'avoir un enfant, avait été aussi un succès. En effet, tout avait très bien marché pour Albert jusqu'à l'arrivée de cette étrange petite fille qui leur faisait perdre la raison en refusant de se nourrir et en perdant du poids chaque jour.

Il leva les yeux de sa revue et pensa à sa fille. Ce soir, par exemple, au moment de son repas, lorsqu'elle avait ouvert les yeux, il y avait découvert quelque chose d'effrayant. Une sorte de regard fixe, trouble et absent, comme si les yeux n'étaient pas du tout reliés au cerveau, mais simplement posés dans leurs orbites comme deux petites boules de marbre gris.

Est-ce que les médecins connaissaient vraiment leur métier?

Il prit un cendrier et se mit à nettoyer sa pipe avec un bout d'allumette.

Ils pourraient peut-être l'emmener à un autre hôpital, peut-être à Oxford. Il en parlerait à Mabel tout à l'heure.

Il pouvait toujours l'entendre marcher dans sa chambre, mais elle devait avoir enlevé ses chaussures et mis ses pantoufles, car le bruit était à peine perceptible.

Il revint à sa revue pour finir l'article qu'il avait commencé, puis il tourna la page et se mit à lire le suivant: «Du nouveau sur la gelée royale.» Il se disait que ce texte ne lui apprendrait rien qu'il ne sache déjà.

«Quelle est cette merveilleuse substance appelée gelée royale?»

Sur la table, il prit sa tabatière et se mit à bourrer sa pipe, tout en lisant.

« La gelée royale est une sécrétion glandulaire que produisent les abeilles mères pour nourrir les larves dès l'éclosion des œufs. Les glandes pharyngées des abeilles fournissent cette substance d'une manière semblable à celle dont les glandes mammaires des vertébrés fournissent du lait. Ce fait présente un grand intérêt biologique, car on ne connaît aucun autre insecte qui ait évolué dans ce sens. »

De vieilles histoires, se dit-il, mais comme il n'avait rien d'autre à faire, il reprit sa lecture.

« La gelée royale est fournie sous une forme concentrée à toutes les larves pendant les trois jours qui suivent l'éclosion de l'œuf. Mais à partir de ce moment, la nourriture de celles qui sont destinées à être des bourdons et des ouvrières est largement mêlée de miel et de pollen. Tandis que les larves destinées à devenir des reines sont nourries pendant toute la période larvaire par de la gelée royale pure. D'où son nom. »

Au-dessus de lui, dans la chambre, le bruit

de pas avait cessé. Tout était calme. Il frotta une allumette et la porta à sa pipe.

« La gelée royale peut être considérée comme un aliment d'un pouvoir nourrissant extraordinaire, car, durant ce régime seulement, la larve augmente de quinze cents fois son poids en cinq jours. »

C'était sans doute à peu près exact, pensat-t-il, bien qu'il ne lui soit encore jamais arrivé jusqu'ici de déterminer la croissance des larves par le poids.

« C'est comme si un bébé de sept livres et demie atteignait cinq tonnes dans le même laps de temps. »

Albert Taylor sursauta et relut la phrase.

Puis il la relut encore.

« C'est comme si un bébé de sept livres et demie... »

« Mabel ! cria-t-il en jaillissant de son fauteuil. Mabel ! viens ici ! »

Il courut jusqu'au pied de l'escalier pour l'appeler encore.

Mais elle ne répondit pas.

Il monta les marches et alluma la lampe sur le palier. La porte de la chambre était fermée. Il fit quelques pas, ouvrit la porte et demeura sur le seuil de la chambre obscure. « Mabel, dit-il, veux-tu descendre une seconde ? J'ai une idée. Au sujet de la petite. »

Par la porte ouverte, la lumière du palier éclairait faiblement le lit. Elle était allongée à plat ventre, le visage enfoui dans l'oreiller. Elle pleurait encore.

« Mabel, dit-il en s'approchant d'elle pour lui toucher l'épaule. Tu devrais descendre. C'est peut-être important.

— Va-t'en, dit-elle. Laisse-moi tranquille.

— Tu ne veux pas m'écouter ?

— Oh, Albert, je suis si fatiguée, sanglota-t-elle. Je ne sais plus ce que je fais. Je n'en peux plus. »

Il y eut un silence. Albert Taylor s'éloigna d'elle pour marcher doucement vers le berceau où reposait le bébé. Dans l'obscurité, il lui était impossible de voir le visage de l'enfant, mais en se penchant plus près, il pouvait entendre sa respiration, très faible et très rapide. « Son prochain repas, c'est à quelle heure ? demanda-t-il.

— A deux heures, je crois.

— Et le suivant ?

— A six heures du matin.

— Je m'en occuperai, dit-il. Dors tranquille. »

Elle ne répondit pas.

« Tu peux dormir tranquille, tu comprends ?
Et cesse de t'inquiéter. Je me charge de tout,
pour les douze heures qui viennent. Sinon,
pour toi, c'est la dépression nerveuse.

— Oui, dit-elle. Je sais.

— J'emmène l'enfant et le réveil dans la
chambre d'amis. Promets-moi de te détendre
et de ne plus penser à tout cela. D'accord ? »
Et déjà, il poussait le berceau hors de la
chambre.

« Oh, Albert, sanglota-t-elle.

— Ne t'inquiète de rien. Je m'occuperai de
tout.

— Albert...

— Oui ?

— Je t'aime, Albert.

— Je t'aime aussi, Mabel. Et maintenant,
dors. »

Albert Taylor ne revit sa femme que le lendemain vers onze heures du matin.

« Bon Dieu ! cria-t-elle, dégringolant l'escalier en robe de chambre et en pantoufles.

Albert! Quelle heure est-il? J'ai dormi au moins douze heures. Qu'y a-t-il?»

Il était assis dans son fauteuil, tranquillement. Il fumait sa pipe en lisant le journal du matin. A ses pieds, le bébé dormait dans une espèce de petit lit portatif.

«Bonjour, chérie», dit-il en souriant.

Elle courut vers le bébé. «A-t-elle pris quelque chose, Albert? Combien de fois lui as-tu donné à manger? Il lui fallait un autre repas à dix heures, le savais-tu?»

Albert Taylor plia soigneusement son journal et le posa sur la table. «Je lui ai donné à manger à deux heures du matin, dit-il, et elle n'a pas pris plus d'une demi-once. J'ai recommencé à six heures et, cette fois-ci, elle a fait un peu mieux, deux onces...

— DEUX ONCES! oh, Albert, c'est merveilleux!

— Et nous venons de terminer le dernier repas il y a dix minutes. Le biberon est sur la cheminée. Il ne reste qu'une once. Elle en a bu trois. Alors?» Il sourit fièrement, satisfait de son exploit.

La femme s'agenouilla aussitôt pour se pencher sur le bébé.

« N'a-t-elle pas l'air d'aller mieux, demanda-
t-il avec ardeur. N'a-t-elle pas le visage plus
rond ?

— Eh bien, c'est peut-être idiot, dit la
femme, mais on dirait que oui. Oh, Albert, tu
es merveilleux ! Comment as-tu fait ?

— Elle a franchi le cap, dit-il. C'est tout.
Elle a passé le cap comme le docteur l'avait
prévu.

— Puisses-tu avoir raison, Albert.

— Bien sûr que j'ai raison. Regarde-la bien,
et tu verras. »

La femme regarda amoureusement le bébé.

« Toi aussi, tu as meilleure mine, Mabel.

— Je me sens merveilleusement bien. Il ne
faut pas m'en vouloir, pour hier soir.

— Conservons cette habitude, dit-il. La
nuit, c'est moi qui lui donnerai à manger. Pendant la journée, c'est toi. »

Elle le regarda en fronçant les sourcils.
« Non, fit-elle. Je ne permettrai pas cela.

— Je ne veux pas que tu aies une dépression nerveuse, Mabel.

— Je ne risque plus rien, maintenant que
j'ai dormi un peu.

— Il vaut mieux partager les rôles.

— Non, Albert. C'est à moi de la nourrir. Je ne recommencerai plus, comme hier soir. »

Albert Taylor contemplait en silence la pipe qu'il avait retirée de sa bouche. « Très bien, dit-il. Dans ce cas, je me contenterai de stériliser les biberons, de préparer les mélanges et ainsi de suite. Cela t'aidera tout de même un peu. »

Elle le regarda attentivement en se demandant ce qui lui arrivait tout à coup.

« Tu sais, Mabel, je me disais...

— Oui, mon chéri ?

— Je me disais que jusqu'à cette dernière nuit je n'ai jamais levé le petit doigt pour t'être utile.

— Ce n'est pas vrai.

— Mais si. C'est pourquoi j'ai décidé de me rendre utile désormais. Je ferai le chimiste. D'accord ?

— C'est très gentil de ta part, mon chéri, mais vraiment, je ne crois pas que ce soit nécessaire...

— Allons, fit-il. Ne gâche pas les choses. Je lui ai donné ses trois derniers biberons, et tu vois le résultat ! A quelle heure est son prochain repas ? A deux heures, n'est-ce pas ?

— Oui.

— Tout est prêt, dit-il. Tout est mélangé. Quand ce sera l'heure tu n'auras qu'à prendre le biberon sur l'étagère du garde-manger et le réchauffer. Ça t'arrange tout de même un peu, non ? »

La femme se dressa sur ses genoux, s'approcha de lui et l'embrassa sur la joue. « Ce que tu es gentil, dit-elle. Je t'aime un peu mieux chaque jour depuis que je te connais. »

Plus tard, vers le milieu de l'après-midi, alors qu'il s'affairait autour de ses ruches, au soleil, Albert entendit la voix de sa femme.

« Albert ! criait-elle depuis la maison. Viens voir ! » Et elle courait vers lui au milieu des boutons-d'or.

Il alla à sa rencontre en se demandant ce qui n'allait pas.

« Oh ! Albert ! Devine !

— Quoi donc ?

— Je viens de lui donner son repas de deux heures et elle a tout bu !

— Non !

— Jusqu'à la dernière goutte ! Je suis si heureuse, Albert ! Tout va s'arranger maintenant ! Elle a passé le cap, comme tu dis ! » Elle était parvenue à sa hauteur pour lui jeter les bras autour du cou. Et il la serra contre lui en riant et lui dit qu'elle était une merveilleuse petite maman.

« Tu viendras assister au repas suivant, Albert ? »

Il lui dit qu'il ne manquerait ce spectacle pour rien au monde. Elle l'embrassa de nouveau, puis retourna à la maison en courant, en dansant et en chantant tout le long du chemin.

Naturellement, tous deux étaient déjà impatients et un peu anxieux à l'approche du repas de six heures. A cinq heures et demie déjà, ils étaient assis dans la salle de séjour en attendant le moment. Le biberon aussi attendait dans sa casserole d'eau chaude, sur la cheminée. Le bébé dormait dans son petit lit portatif posé sur le sofa.

A six heures moins vingt, il s'éveilla et se mit à hurler.

« Tu vois ! dit Mme Taylor. Elle réclame son biberon. Va vite le chercher, Albert ! »

Il lui tendit le biberon, puis plaça le bébé sur les genoux de la femme. Elle posa avec précaution le bout de la tétine entre les lèvres du bébé. Il l'attrapa aussitôt et se mit à sucer avidement, d'un mouvement rapide et vigoureux.

« Oh, Albert, n'est-ce pas magnifique, dit-elle en riant.

— C'est formidable. »

Au bout de sept ou huit minutes, tout le contenu du biberon était dans l'estomac de l'enfant.

« Tu as été bien sage, dit Mme Taylor. Encore quatre onces. »

Penché en avant, Albert Taylor scrutait attentivement le visage de l'enfant. « Tu sais, dit-il, elle a vraiment l'air d'avoir grossi un peu, tu ne trouves pas ? »

La mère regarda l'enfant.

« Tu ne la trouves pas plus grande et plus grosse qu'hier, Mabel ?

— Peut-être bien, Albert. Je n'en suis pas sûre. Il est logiquement encore trop tôt pour le dire. L'important, c'est qu'elle mange normalement.

— Elle a franchi le cap, dit Albert. Tu n'auras plus à t'inquiéter maintenant.

— Je ne m'inquiéterai sûrement plus.

— Veux-tu que j'aille chercher le berceau pour le remettre dans notre chambre?

— Oui, je veux bien », dit-elle.

Albert monta et déplaça le berceau. La femme le suivit, le bébé dans ses bras. Après l'avoir changé elle le posa doucement dans son lit, sous les draps et les couvertures.

« N'est-elle pas adorable, Albert? fit-elle à voix basse. N'est-ce pas le plus beau bébé du monde?

— Laissons-la maintenant, Mabel, dit-il. Descendons et mangeons un peu. Nous le méritons tous les deux. »

Après le dîner, ils s'installèrent dans la salle de séjour. Albert avec sa pipe et sa revue, Mme Taylor avec son tricot. Mais l'atmosphère n'était plus celle de la veille. Toute tension s'était évanouie. Le beau visage ovale de Mme Taylor rayonnait de bonheur. Ses joues étaient roses, ses yeux brillaient et sa bouche souriait rêveusement. A chaque instant, elle levait les yeux pour contempler son mari avec tendresse. Quelquefois elle arrêtait le cliquetis des aiguilles pour rester immobile quelques secondes, les yeux levés au plafond, guettant un cri ou un gémissement venant d'en haut. Mais tout était calme.

« Albert, dit-elle au bout d'un moment.

— Oui, ma chérie.

— Que voulais-tu me dire hier soir quand tu es venu brusquement dans la chambre à coucher ? Tu disais que tu avais une idée pour le bébé ? »

Albert Taylor posa la revue sur ses genoux et lui lança un regard plein de malice.

« J'ai dit cela ? fit-il.

— Oui. » Elle attendit la suite, mais il ne dit rien.

« Quelle est cette plaisanterie ? demanda-t-elle. Pourquoi grimaces-tu ?

— C'est que c'est une bonne plaisanterie, dit-il.

— Raconte-la-moi, mon chéri.

— Je ne sais pas si je peux, dit-il. Tu pourrais me traiter de menteur. »

Elle l'avait rarement vu aussi content de lui qu'il le paraissait à cet instant. Elle lui rendit son sourire, l'encourageant à continuer.

« J'aurais tout juste voulu voir la tête que tu ferais en l'entendant, Mabel, c'est tout.

— Albert, de quoi s'agit-il enfin ? »

Il n'était pas pressé. Puis :

« Tu trouves vraiment que la petite va mieux, n'est-ce pas ? demanda-t-il.

— Naturellement !

— Tu es bien d'accord pour dire qu'elle va incomparablement mieux qu'hier et qu'elle mange merveilleusement bien ?

— Mais bien sûr, pourquoi ?

— Eh bien, dit-il avec un large sourire. C'est moi qui ai fait tout cela.

— Et quoi donc ?

— J'ai guéri le bébé.

— Oui, mon chéri, j'en suis sûre. » Et Mme Taylor se remit à tricoter.

« Tu ne me crois pas, n'est-ce pas ?

— Bien sûr que je te crois, Albert. Je te fais confiance.

— Alors, comment ai-je fait ?

— Eh bien, dit-elle, s'arrêtant une seconde pour réfléchir. C'est que tu as bien préparé son repas. Tu fais de bons mélanges, voilà tout, et par conséquent elle va de mieux en mieux.

— Tu veux dire que j'ai l'art de mélanger les aliments.

— Oui, c'est à peu près cela. » Penchée sur

son tricot, elle souriait, en se disant que les hommes étaient vraiment drôles.

« Eh bien, je vais te confier un secret, dit-il. Tu as raison en parlant de mes mélanges. Seulement, ce qui compte, ce n'est pas COMMENT on les fait, ces mélanges. C'est ce qu'on met dedans. Tu me comprends, Mabel, n'est-ce pas ? »

Mme Taylor cessa de tricoter et lança un dur regard à son mari. « Albert, fit-elle, tu ne veux pas dire que tu as mis quelque chose dans le lait de cette enfant ? »

Il souriait.

« L'as-tu fait, oui ou non ?

— Peut-être bien », dit-il.

Son sourire, toutes dents dehors, avait quelque chose de diabolique.

« Albert, dit-elle, cesse de te moquer de moi.

— Oui, ma chérie.

— Tu n'as VRAIMENT rien mis dans son lait ? Réponds-moi franchement, Albert. On ne plaisante pas avec un bébé si fragile !

— La réponse est oui, Mabel.

— Albert Taylor ! Comment as-tu osé ?

— Ne t'énerve pas surtout, dit-il. Je t'expliquerai tout si tu veux bien m'écouter, mais, pour l'amour de Dieu, ne perds pas la tête !

— Tu y as mis de la bière ! cria-t-elle. J'en suis sûre !

— Ne sois pas sotte, Mabel, je t'en prie.

— Qu'as-tu mis, alors ? »

Albert posa lentement sa pipe sur la table et se pencha en avant. « Dis-moi, fit-il, as-tu entendu parler d'une chose appelée gelée royale ?

— Non.

— C'est une chose magique, dit-il. Purement magique. Et hier soir, j'ai eu tout à coup l'idée d'en mettre dans le lait du bébé...

— Tu as OSÉ !

— Mais Mabel, tu ne sais même pas encore ce que c'est !

— Ça m'est égal, dit-elle. Tu n'as pas le droit de mettre des corps étrangers dans le lait d'un bébé fragile. Tu dois être fou !

— C'est absolument sans danger, Mabel, sinon je ne l'aurais pas fait. Cela vient des abeilles.

— J'aurais dû m'en douter.

— Et c'est si précieux que c'en devient pratiquement introuvable. Elles n'en font qu'une petite goutte à la fois.

— Et combien en as-tu donné à notre bébé, puis-je le savoir ?

— Ah, fit-il, tout le problème est là. C'est là aussi que réside la différence. Je reconnais que notre bébé, au cours des quatre derniers repas, a déjà englouti environ cinquante fois plus de gelée royale que quiconque au monde n'en a jamais mangé auparavant. Qu'en penses-tu ?

— Albert, cesse de me torturer.

— Je le jure », dit-il fièrement.

Elle le regardait fixement ; les sourcils froncés, la bouche entrouverte.

« Sais-tu combien ça coûterait actuellement, Mabel, si tu voulais l'acheter ? En Amérique, ils font de la publicité pour la vendre quelque chose comme cinq cents dollars le pot d'une livre ! CINQ CENTS DOLLARS ! Ça vaut plus cher que l'or, tu sais ! »

Elle ne comprenait rien à ce qu'il disait.

« Je vais te le prouver », dit-il. Et il s'élança pour se diriger vers son coin de bibliothèque où s'entassait toute une littérature concernant les abeilles. Sur le rayon du haut, la collection du *Journal américain de l'abeille* voisinait avec celle du *Journal britannique de l'abeille* et avec *L'Abeille et ses ressources* et d'autres revues. Il descendit le dernier numéro du *Journal américain de l'abeille* et y trouva une page de petites annonces classées à la fin.

« Voilà, dit-il. C'est exactement ce que je t'ai dit. "Vendons gelée royale quatre cent quatre-vingts dollars bocal une livre en gros." »

Et il lui tendit la revue.

« Tu me crois maintenant ? Il s'agit d'un nouveau magasin de New York.

— Cela ne veut pas dire qu'on a le droit de la verser dans le lait d'un nouveau-né, dit-elle. Je ne te comprends pas, Albert, vraiment, je ne te comprends pas.

— Elle est guérie, oui ou non ?

— Je n'en suis plus sûre, maintenant.

— Ne sois pas si stupide, Mabel. Tu le sais parfaitement.

— Alors pourquoi les autres gens ne font-ils pas de même pour LEUR bébé ?

— Mais je suis en train de te le dire, fit-il. C'est que c'est trop cher. A part peut-être quelques rares millionnaires, personne ne peut se permettre de nourrir son bébé à la gelée royale. Les seuls vrais acheteurs sont les gens qui fabriquent des crèmes de beauté pour les femmes. Pour eux, c'est une affaire. Ils mettent une minuscule pincée de gelée dans un grand pot de crème grasse. Puis ils vendent ça comme des petits pains, à des prix exorbitants. C'est qu'ils prétendent que ça efface les rides.

— Et c'est vrai ?

— Mais comment pourrais-je le savoir, Mabel ? De toute manière, dit-il en revenant à son fauteuil, là n'est pas la question. L'important, c'est que cela a fait tant de bien à notre bébé en quelques heures seulement que je pense que nous n'avons aucune raison d'arrêter ce traitement. Ne m'interromps pas, Mabel. Laisse-moi terminer. J'ai ici deux cent quarante ruches. Si j'en transformais une centaine pour ne produire que de la gelée royale, nous pourrions lui fournir toute la gelée nécessaire.

— Albert Taylor, dit la femme en écarquillant les yeux. As-tu perdu la raison ?

— Veux-tu m'écouter jusqu'au bout ?

— Eh bien je m'y oppose, dit-elle. Tu ne

donneras plus une goutte de cette horrible
gelée à mon enfant, compris ?

— Écoute, Mabel...

— Et d'ailleurs, la récolte de miel de l'an-
née dernière a été catastrophique. Ce n'est
pas le moment de t'amuser avec tes ruches. Tu
sais mieux que moi ce que nous risquons.

— Mes ruches sont en parfait état, Mabel.

— Tu sais parfaitement que nous n'avons
eu que la moitié d'une récolte normale, l'an-
née dernière.

— Rends-moi un service, veux-tu ? Laisse-
moi un peu t'expliquer le merveilleux pouvoir
de ce truc !

— Je ne sais même pas encore ce que c'est.

— Je vais justement te le dire. Si seulement
tu me laissais parler ! »

Elle soupira et reprit une fois de plus son
tricot.

« Eh bien, vas-y, raconte si tu y tiens tant. »

Il se tut, ne sachant trop par où commencer. Il ne serait pas facile d'expliquer une
chose pareille à quelqu'un qui ne comprenait
pratiquement rien à l'apiculture.

« Tu sais, n'est-ce pas, dit-il, que chaque
tribu d'abeilles n'a qu'une reine ?

— Oui.

— Et que c'est cette reine qui pond tous les œufs ?

— Oui, mon cher. Mais c'est à peu près tout ce que je sais.

— Parfait. Eh bien, cette reine peut en réalité pondre deux sortes d'œufs. Ça, tu ne le savais pas. C'est un des miracles de la ruche. Elle pond des œufs qui produisent les faux bourdons et des œufs qui produisent les ouvrières. C'est bien un miracle, n'est-ce pas, Mabel ?

— Mais oui, Albert, c'en est un.

— Les faux bourdons sont les mâles. Nous n'avons pas à nous en occuper. Les ouvrières, ainsi que la reine, naturellement, sont des femelles. Mais les ouvrières sont des femelles asexuées, si tu vois ce que je veux dire. Leurs organes ne sont pas développés du tout, tandis que la reine est d'une fécondité extraordinaire. Elle peut pondre son poids d'œufs en un seul jour. »

Il hésita, comme pour mettre de l'ordre dans ses idées.

« Maintenant, voici ce qui arrive. La reine fait le tour du rayon pour pondre ses œufs dans ce que nous appelons les alvéoles. Tu sais bien, ces centaines de petits trous que l'on voit dans un rayon de miel ? Eh bien, un rayon à œufs, c'est pareil, sauf que ses alvéoles ne contiennent pas de miel mais des œufs. Elle pond un œuf dans chaque alvéole et, au bout de trois jours, chacun de ces œufs donne naissance à une petite larve.

« Alors, dès que cette larve apparaît, les jeunes ouvrières se rassemblent autour d'elle et se mettent à la nourrir à outrance. Et sais-tu ce qu'elles lui donnent à manger ?

— De la gelée royale, répondit patiemment Mabel.

— Voilà ! s'écria-t-il. C'est exactement ce qu'elles lui donnent. Elles extraient ce truc d'une glande de leur tête et le font pénétrer dans l'alvéole pour nourrir la larve. Et qu'arrive-t-il alors ? »

Il se tut spectaculairement en clignant de ses petits yeux gris aqueux. Puis il se tourna lentement sur son fauteuil et étendit la main vers la revue qu'il lisait la veille au soir.

« Tu veux connaître la suite ? lui demanda-t-il en se mouillant les lèvres.

— Je suis très impatiente, continue.

— La gelée royale, lut-il à haute voix, doit être un aliment d'un pouvoir nourrissant extraordinaire, car, durant son régime seulement, la larve augmente de QUINZE CENTS FOIS son poids en cinq jours !

— Combien ?

— QUINZE CENTS FOIS, Mabel. Et sais-tu ce que cela signifie, à l'échelle humaine ? Cela signifie, dit-il, en baissant la voix, penché en avant pour la fixer de ses petits yeux pâles, cela signifie qu'en cinq jours un bébé pesant sept livres et demie au départ atteindrait un poids de CINQ TONNES ! »

Mme Taylor posa encore son tricot.

« Bien sûr, il ne faut pas prendre cela trop à la lettre, Mabel.

— Et pourquoi pas ?

— Ce n'est qu'une façon de parler purement scientifique.

— Très bien, Albert. Continue.

— Mais ce n'est que la moitié de l'histoire, dit-il. Le plus important va venir. Je ne t'ai même pas encore parlé de ce que la gelée royale a de plus étonnant. Je vais te démontrer comment elle peut transformer une vulgaire petite abeille ouvrière sans grâce et pratiquement sans aucun organe sexuel en une belle reine majestueuse et féconde.

— Veux-tu dire par là que notre bébé est vulgaire et sans grâce ? demanda-t-elle sur un ton aigre.

— Ne prends pas les choses de cette façon, Mabel, je t'en prie. Écoute plutôt. Savais-tu que l'abeille reine et l'abeille ouvrière, bien que complètement différentes en grandissant, sont nées de la même sorte d'œufs ?

— Je n'y crois pas, dit-elle.

— Aussi vrai que je m'appelle Albert ! Chaque fois que les abeilles désirent qu'une reine naisse d'un œuf, elles peuvent l'obtenir.

— Comment ?

— Ah, fit-il en braquant sur elle un énorme index. C'est cela justement. Tout le secret est là. Eh bien, TOI, qu'en penses-tu ? D'où vient ce miracle ?

— De la gelée royale, répondit-elle. Tu me l'as déjà dit.

— De la gelée royale, en effet ! s'écria-t-il en claquant des mains et en bondissant de son siège. Sa grosse figure rayonnait d'animation et deux plaques écarlates étaient apparues sur ses pommettes.

« Voici comment cela se passe. Je serai bref.
Donc, les abeilles désirent une nouvelle reine.
Alors elles construisent un alvéole particulièrement grand, on appelle cela un alvéole
royal, et elles font en sorte que la vieille reine
y ponde un œuf. Quant aux autres mille neuf
cent quatre-vingt-dix-neuf œufs, elle les pond
dans les alvéoles ouvriers. Bon. Dès que ces
œufs se sont mués en larves, les nourrices les
entourent pour leur fournir la gelée royale.
Toutes y ont droit, les ouvrières comme la
reine. Mais voici l'essentiel, écoute-moi bien.
Les larves ouvrières ne reçoivent cette merveilleuse nourriture que durant les TROIS
PREMIERS JOURS de leur vie de larve. Après
quoi c'est le sevrage, mais c'est beaucoup plus
brusque qu'un sevrage ordinaire. Au bout de
ces trois jours, donc, on leur donne directement la nourriture plus ou moins habituelle
des abeilles — un mélange de miel et de pollen — et, quinze jours plus tard, elles sortent
de leurs alvéoles comme ouvrières.

« Mais il en est autrement de l'alvéole royal !
Celui-là reçoit la gelée royale pendant tout son
état larvaire. Les nourrices la versent simplement dans l'alvéole, abondamment, si bien

que la petite larve y flotte littéralement. Et c'est cela qui fait d'elle une reine !

— Tu ne peux pas le prouver, dit-elle.

— Ne dis pas de sottises, Mabel, je t'en prie. Des milliers de gens ne cessent de le prouver, des savants universellement célèbres. Il s'agit simplement d'extraire une larve d'un alvéole ouvrier — c'est ce que nous appelons une greffe — et de la faire alimenter le temps nécessaire en gelée royale, et hop ! — la voilà reine ! Et ce qui rend la chose encore plus miraculeuse, c'est la différence énorme qui existe entre une reine et une ouvrière quand elles ont grandi. L'abdomen a une forme différente. L'aiguillon est différent. Les pattes sont différentes. Le...

— En quoi les pattes sont-elles différentes ? demanda-t-elle pour le mettre à l'épreuve.

— Les pattes ? C'est que les ouvrières ont aux pattes des petites poches pour transporter le pollen. La reine n'en a pas. Mais il y a autre chose. La reine a des organes sexuels parfaitement développés. Les ouvrières n'en ont pas. Et le plus étonnant, Mabel, c'est que la reine vit en moyenne de quatre à six ans. L'ouvrière, elle, dépasse à peine quelques mois. Et toutes ces différences sont dues à la gelée royale !

— Il est difficile d'admettre qu'un aliment ait toutes ces vertus, dit-elle.

— Naturellement que c'est difficile. C'est là un autre miracle de la ruche. C'est même le plus grand de tous. Pendant des centaines d'années, il a déconcerté les plus illustres savants. Attends un peu. Ne bouge pas. »

De nouveau, il courut vers sa bibliothèque et se mit à farfouiller dans les livres et les revues.

« Je vais te montrer des articles. Attends. En voilà un. Écoute un peu. » Il se mit à lire à haute voix un article du *Journal américain de l'abeille* :

« Établi à Toronto où il dirige un laboratoire de recherches dont le peuple canadien lui a fait don en reconnaissance du très grand service rendu à l'humanité par sa découverte de l'insuline, le docteur Frédéric A. Banting fut intéressé par la gelée royale. Il demanda à son équipe d'en faire une analyse fractionnée de base... »

Il s'interrompit.

« Bon, ce n'est pas la peine de tout lire mais

voilà ce qui s'est passé. Le docteur Banting et son équipe prélevèrent un peu de gelée royale dans les alvéoles royaux qui contenaient des larves de deux jours pour procéder à l'analyse. Et devine ce qu'ils ont trouvé ?

« Eh bien, ils ont trouvé du phénol, du stérol, du glycérol, de la dextrose et — tiens-toi bien — quatre-vingts à quatre vingt-cinq pour cent d'acides inconnus ! »

Il se tenait près de la bibliothèque, la revue à la main. Il avait un drôle de sourire triomphal. Sa femme le regardait, ahurie.

L'homme n'était pas très grand. Son corps était replet, ses jambes courtes et légèrement arquées. La tête était ronde et énorme, couverte de cheveux soyeux coupés très court et la plus grande partie du visage — maintenant qu'il ne se rasait plus jamais — était cachée sous une broussaille de trois centimètres de long, d'un brun jaunâtre. En somme, il était plutôt grotesque à voir.

« Quatre-vingts à quatre-vingt-cinq pour cent d'acides inconnus, dit-il. N'est-ce pas fantastique ? » Il se retourna vers la bibliothèque, à la recherche d'autres revues.

« Des acides inconnus, qu'est-ce que cela veut dire ?

— Eh bien, la question est là ! Personne ne le sait ! Même Banting n'a pu le trouver. As-tu entendu parler de Banting ?

— Non.

— C'est à peu près le plus célèbre médecin vivant du monde. C'est tout dire. »

En le regardant pendant qu'il fredonnait devant sa bibliothèque, avec cette tête soyeuse, ce visage velu, ce corps empâté, elle ne put s'empêcher de lui trouver, en quelque sorte, et par une étrange coïncidence, un petit air d'abeille. Elle avait vu souvent des femmes se mettre à ressembler aux chevaux qu'elles montaient. Et puis tous ces gens qui finissent par ressembler aux serins, aux bouledogues ou aux loulous de Poméranie qu'ils élèvent. Mais jusqu'à présent elle ne s'était jamais aperçue que son mari avait quelque chose d'une abeille. Cela lui fit un petit choc.

« Ce Banting, a-t-il essayé d'en manger, de cette fameuse gelée ? demanda-t-elle.

— Bien sûr que non, Mabel. Il n'en avait pas assez pour cela. C'est trop précieux.

— Sais-tu, fit-elle en souriant, sais-tu que tu

commences toi-même à ressembler un peu à une abeille ? »

Il se retourna pour lui faire face.

« C'est la barbe qui te donne cet air-là, dit-elle. Tu devrais la couper. Même qu'elle est un peu couleur d'abeille, tu ne trouves pas ?

— De qui te f...-tu, Mabel ?

— Albert, dit-elle. Ton langage.

— Veux-tu que je continue, oui ou non ?

— Oui, mon chéri, excuse-moi. Je plaisantais. Vas-y continue. »

Il prit sur un rayon de sa bibliothèque une autre revue et se mit à la feuilleter. « Écoute un peu, Mabel. En 1939, Heyl fit des expériences sur des rats de vingt et un jours en leur injectant de la gelée royale en quantités variables. Cela eut pour résultat un développement folliculaire précoce en proportion directe à la quantité de gelée royale injectée.

— Voilà ! cria-t-elle. Je le savais bien !

— Tu savais quoi ?

— Je savais que quelque chose de terrible allait arriver !

— Sottises. Il n'y a rien de mal à cela. Mais écoute encore : Still et Burdett injectèrent de la gelée royale à un rat qui jusque-là avait été incapable de se reproduire. Après l'intervention, le rat se montra capable de devenir père plusieurs fois.

— Albert, s'écria-t-elle, on ne peut tout de même pas donner un truc pareil à un bébé ! C'est beaucoup trop fort !

— Quelle idée, Mabel !

— Si c'est inoffensif, pourquoi l'essayent-ils seulement sur des rats ? Pourquoi tes fameux savants n'en prennent-ils pas eux-mêmes ? Ils sont bien trop malins, voilà. Ce n'est pas ton docteur Banting qui va prendre le risque de se voir pousser des ovaires !

— Mais ils en ont donné à des gens, Mabel. Il y a tout un article à ce sujet. Écoute. » Il tourna la page et lut : « A Mexico, en 1953, un groupe de médecins éclairés se mit à prescrire des doses minimes de gelée royale contre des maux tels que la polynévrite, l'arthrite, le diabète, l'auto-intoxication due au tabac, l'impuissance des hommes, l'asthme, le croup, la goutte, etc. Nous possédons des piles de témoignages signés... Un agent de change connu de Mexico était atteint d'un psoriasis particulièrement tenace. A peu près défiguré par cette maladie, il perdit une partie de sa clientèle. Ses affaires s'en ressentirent. Déses-péré, il eut recours à la gelée royale — une goutte à chaque repas — et ni vu ni connu ! il était guéri en quinze jours. Un garçon de café, du Café Jena, à Mexico également, raconte que son père, après avoir absorbé quelques petites doses de cette substance miraculeuse, engendra un enfant bien portant et vigoureux alors que lui-même était âgé de quatre-vingt-dix ans. Un organisateur de courses de tau-reaux à Acapulco se trouvant flanqué d'un taureau qui paraissait plutôt léthargique lui injecta un gramme de gelée royale juste avant son entrée dans l'arène. La bête devint si déchaînée qu'elle expédia aussitôt deux pica-dors, trois chevaux, un matador, et finale-ment...

— Écoute, dit Mme Taylor. On dirait que le bébé pleure. »

Albert leva les yeux et tendit l'oreille. Oui, c'était certain. Des beuglements bien audibles parvenaient de la chambre à coucher.

« Elle doit avoir faim, dit-il.

— Mon Dieu ! cria-t-elle en sursautant après avoir consulté sa montre. L'heure est déjà passée ! Prépare vite le mélange, Albert, je monte la chercher ! Dépêche-toi ! Je ne veux pas la faire attendre ! »

Au bout de quelques secondes, Mme Taylor était de retour, portant dans ses bras le bébé qui hurlait. Elle semblait mal habituée encore au tapage que peut faire un nourrisson bien portant et affamé. « Vite, vite, Albert ! fit-elle en s'installant avec le bébé dans le fauteuil. Viens vite ! »

Albert revint de la cuisine et lui tendit le biberon plein de lait chaud. « Il est à point, dit-il. Pas besoin de le goûter. »

Elle cala la tête du bébé au creux de son bras, puis elle enfonça la tétine dans la bouche largement ouverte pour hurler. Le bébé se mit à sucer et les hurlements cessèrent. Mme Taylor se détendit.

« N'est-elle pas adorable, Albert ?

— Elle est extraordinaire, Mabel, grâce à la gelée royale.

— Assez, mon chéri, je ne veux plus entendre parler de ce truc affreux. Cela me fait peur.

— Tu as tort », dit-il.

Le bébé continuait à téter le biberon.

« On dirait qu'elle va encore le vider, Albert.

— J'en suis sûr », dit-il.

Au bout de quelques minutes, le biberon était vide.

« Oh, comme tu es sage ! » s'écria Mme Taylor en essayant de retirer doucement la tétine. Alors, le bébé suçait plus fort pour la retenir. La femme fut alors obligée de lui donner un petit coup pour pouvoir la dégager.

« Ouaa ! Ouaa ! Ouaa ! Ouaa ! fit le bébé.

— Méchante fille », dit Mme Taylor. Elle souleva le bébé et lui tapota le dos.

Il rota deux fois de suite.

« Voilà, mon petit ange, tout va bien maintenant. »

Les cris cessèrent. Mais au bout de quelques secondes, ils reprirent de plus belle.

« Fais-la roter encore, dit Albert. Elle a bu trop vite. »

La femme mit le bébé sur un côté pour lui frotter le dos. Puis sur l'autre côté. Puis sur le ventre. Elle le mit à cheval sur ses genoux. Mais il ne rotait plus et les hurlements devenaient de plus en plus forts.

« Elle se fait des poumons, dit en souriant

Albert. C'est ainsi que cela se passe toujours, le savais-tu, Mabel?

— Là, là, là, fit la femme en couvrant de baisers le visage de l'enfant. Là, là, là.»

Ils attendirent cinq minutes de plus et les hurlements ne semblaient pas vouloir cesser.

«Elle a besoin qu'on lui change ses couches», dit Albert. Il alla en chercher une propre à la cuisine et Mme Taylor la changea.

La situation demeurait la même.

«Ouaa! Ouaa! Ouaa! Ouaa! faisait le bébé.

— Tu ne l'as pas piquée avec l'épingle à nourrice?

— Bien sûr que non», répondit-elle en tâtant la couche pour en être certaine.

Ils étaient assis dans leurs fauteuils, face à face, en attendant que le bébé se lassât de crier.

«Sais-tu, Mabel? dit enfin Albert Taylor.

— Quoi donc?

— Je suis sûr qu'elle a encore faim. Elle réclame son biberon, voilà tout. Si je lui préparais un supplément?

— Nous ne devrions plutôt pas, Albert...

— Ça lui fera du bien, dit-il en se levant. Je vais lui chauffer un autre biberon.»

Il s'absenta quelques minutes, puis revint en portant un biberon plein jusqu'au bord.

« J'ai fait le double, annonça-t-il. Huit onces. On ne sait jamais.

— Tu es fou, Albert! Tu ne sais donc pas que la suralimentation est aussi dangereuse que le contraire?

— Tu n'es pas obligée de tout lui donner, Mabel. Tu peux t'arrêter quand tu veux. Vas-y, dit-il, debout près d'elle, donne-lui à boire. »

Mme Taylor taquina la lèvre du bébé du bout de la tétine. La petite bouche se referma comme une trappe sur le caoutchouc et ce fut le silence. Le corps de l'enfant se détendit et une expression de béatitude se répandit sur son petit visage.

« Tu vois bien, Mabel? Qu'est-ce que je te disais?

La femme ne répondit pas.

« Elle est vorace, voilà ce qu'elle est. Regarde-la donc. »

Mme Taylor surveillait le niveau du lait dans le biberon. Il s'écoulait rapidement, et en peu de temps, trois ou quatre onces sur les huit avaient disparu.

« Voilà, dit-elle. Ça ira.

— Tu ne peux pas l'enlever maintenant, Mabel.

— Si, mon cher, il le faut.

— Laisse-la boire tout, et pas d'histoires.

— Mais, Albert.

— Elle est affamée, tu ne le vois pas ? Mange, ma beauté, dit-il, vas-y, finis ta bouteille !

— Cela m'ennuie, Albert », dit la femme. Mais elle ne retira pas le biberon.

« C'est simple, Mabel. Elle rattrape le temps perdu. »

Au bout de cinq minutes, la bouteille était vide. Doucement, Mme Taylor retira la tétine et, cette fois-ci, le bébé se laissa faire et n'émit aucun bruit de protestation. Il était allongé sur les genoux de sa mère, les yeux noyés de contentement, la bouche entrouverte, les lèvres barbouillées de lait.

« Douze onces, Mabel ! dit Albert Taylor. Trois fois la quantité normale ! N'est-ce pas stupéfiant ? »

La femme contemplait le bébé. Mais son visage était redevenu anxieux et ses lèvres se crispaient comme la veille.

« Qu'as-tu encore ? demanda Albert. Tu ne

vas tout de même pas me dire que tu es
inquiète ? Comment veux-tu qu'elle récupère
normalement avec quatre malheureuses petites
onces ? Ne sois pas ridicule.

— Viens ici, Albert, dit-elle.

— Qu'y a-t-il ?

— Je te dis de venir. »

Il s'approcha.

« Regarde et dis-moi si tu ne remarques
rien. »

Il scruta le bébé de plus près. « Elle a l'air
d'avoir grandi, si c'est cela que tu veux dire.
Grandi et engraissé.

— Prends-la, ordonna-t-elle. Vas-y, soulève-
la. »

Il prit le bébé sur les genoux de sa mère
pour le soulever. « Bon Dieu ! s'écria-t-il. Elle
pèse une tonne !

— Exactement.

— Mais c'est merveilleux ! fit-il, rayonnant.
Elle est tout près d'atteindre son poids normal !

— Cela me fait peur, Albert. C'est trop
rapide.

— Tu te fais des idées.

— C'est cette dégoûtante gelée royale qui a fait ça, dit-elle. Je déteste ce truc.

— La gelée royale n'a rien de dégoûtant, répondit-il avec indignation.

— Ne perds pas la tête, Albert ! Tu trouves normal qu'un bébé reprenne du poids à cette vitesse ?

— Tu n'es jamais contente, cria-t-il. Tu as peur quand elle maigrit et tu es complètement terrifiée parce qu'elle grossit. Qu'as-tu, Mabel ? »

La femme quitta son fauteuil et, le bébé dans les bras, se dirigea vers la porte. « Tout ce que je peux dire, fit-elle, c'est que c'est une chance que je sois là pour t'empêcher de lui en donner davantage. C'est tout. » Elle sortit et, par la porte ouverte, Albert la vit qui traversait le vestibule. Elle arriva au pied de l'escalier et se mit à monter. Mais au bout de trois ou quatre marches, elle s'arrêta soudain comme si elle venait de se rappeler quelque chose. Puis elle se retourna pour redescendre rapidement et regagner la chambre.

« Albert, dit-elle.

— Oui ?

— Je suppose que tu n'as pas mis de gelée royale dans son dernier repas ?

— Pourquoi le supposer ?

— Albert !

— Mais quel mal y a-t-il à cela ? demanda-t-il d'une voix douce et innocente.

— Tu as OSÉ ! » cria-t-elle.

La grosse figure barbue d'Albert Taylor prit une expression perplexe. « Je ne te comprends pas. Tu devrais être heureuse qu'elle ait pris une belle dose, dit-il. Car je suis honnête. Je lui ai donné une belle dose, tu peux me croire. »

La femme se tenait dans l'encadrement de la porte, le bébé endormi dans les bras. Elle était droite et immobile, comme figée par la colère, le visage blême, les lèvres plus serrées que jamais.

« Écoute-moi bien, dit Albert. Tu as une enfant qui gagnera bientôt tous les concours du pays. Au fait, pourquoi ne la pèses-tu pas maintenant ? Veux-tu que j'aille chercher la balance ? »

Elle se dirigea droit vers la grande table qui se trouvait au centre de la pièce, y posa le bébé et se mit à le déshabiller avec hâte. « Oui ! siffla-t-elle. Apporte la balance ! » Elle retira la petite chemise, puis les sous-vêtements.

Elle défit les langes et les jeta. Le bébé apparut nu sur la table.

« Mais, Mabel, s'écria Albert, c'est un miracle ! Elle est ronde comme une boule ! »

Et, en effet, l'enfant avait pris une masse de chair étonnante depuis la veille. On ne lui voyait plus les côtes. Avec sa poitrine potelée et son ventre bombé, elle avait l'air d'un tonneau. Les bras et les jambes, par contre, ne semblaient pas avoir subi le même changement. Toujours petits et grêles, ils faisaient penser à des bâtonnets piqués dans un ballon de graisse.

« Regarde ! dit Albert. Elle se met même à avoir un peu de poil sur le ventre pour lui tenir chaud ! »

Et il étendit la main pour promener le bout de ses doigts sur le duvet soyeux, brun et jaune, apparu soudain sur l'estomac du bébé.

« Ne la touche pas ! hurla la femme. Ses yeux flamboyaient. Elle ressemblait soudain à un petit oiseau rapace, le cou tendu vers lui comme si elle était sur le point de lui sauter au visage pour lui arracher les yeux.

— Écoute-moi un instant, fit-il en reculant.

— Tu dois être fou ! cria-t-elle.

— Écoute-moi une seconde, Mabel, je t'en supplie ! Je vois que tu crois toujours que ce produit est dangereux... c'est bien ce que tu penses ? Eh bien, écoute-moi, je vais maintenant te PROUVER une fois pour toutes que la gelée royale est absolument sans danger pour l'organisme humain, même si l'on force la dose. Par exemple, qu'en penses-tu, pourquoi n'avons-nous eu que la moitié de la récolte de miel habituelle l'été dernier ? Peux-tu me le dire ?

Il avait pris quelques mètres de recul en parlant et là, il avait l'air de se sentir plus à l'aise.

« La raison pour laquelle nous n'avons eu que la moitié de la récolte habituelle, dit-il lentement en baissant la voix, c'est que j'ai transformé cent de mes ruches à miel en ruches à gelée royale.

— QUOI ?

— Cela te surprend, n'est-ce pas ? Pourtant je l'ai fait sous ton nez ! »

Ses petits yeux étincelaient victorieusement et un sourire inquiétant rôdait aux coins de sa bouche.

« Tu n'en devineras jamais la raison, dit-il.

Jusqu'à présent, j'ai eu peur de t'en parler. Je me disais que cela pourrait... comment dirais-je... te choquer en quelque sorte. »

Il y eut un petit silence que ne troublait qu'un léger bruit de râpe produit par les deux paumes de l'homme frottées l'une contre l'autre.

« Te souviens-tu de l'article que je t'ai lu dans la revue ? L'histoire du rat, comment était-ce déjà ? Still et Burdett trouvèrent qu'un rat mâle, jusque-là incapable de se reproduire... » Il hésita, son sourire se fit plus large et découvrit les dents.

« Tu saisis, Mabel ? »

Elle demeura immobile.

« La première fois que j'ai lu cet article, Mabel, j'ai sursauté et je me suis dit, si ça marche avec un malheureux petit rat, il n'y a pas de raison pour que ça ne marche pas avec Albert Taylor. »

Il se tut une nouvelle fois, prêt à entendre la réponse. Mais sa femme ne disait toujours rien.

« Mais il y a autre chose, reprit-il. Cela m'a fait tant de bien, Mabel, et j'ai commencé à me sentir si différent de ce que j'étais avant que j'ai continué à en prendre, même après que tu m'as annoncé la joyeuse nouvelle. Je dois en avoir avalé des SEAUX durant les derniers douze mois. »

Le regard lourd et tourmenté de la jeune femme se promena attentivement le long du visage et du cou de son mari. Toute la peau du cou, même derrière les oreilles, jusqu'à l'endroit où elle disparaissait dans le col de la chemise, était recouverte d'un soyeux duvet, noir et jaune...

« Tu te rends compte », dit-il en détournant la tête pour contempler amoureusement l'enfant, « sur un fragile bébé, l'effet sera encore meilleur que sur un adulte entièrement développé comme moi. Tu n'as qu'à regarder la petite pour me dire que j'ai raison ! »

Lentement, le regard de la femme se posa sur le bébé. Il gisait sur la table, vêtu de sa seule blancheur grasse et comateuse, comme une espèce de larve géante qui va vers la fin de son état larvaire pour aborder bientôt le monde, munie de tout son attirail d'ailes et de mandibules.

« Pourquoi ne la couvres-tu pas, Mabel ? dit-il alors. Il ne faut pas que notre petite reine attrape un rhume ! »

DÉCOUVREZ LES FOLIO 2 €

Parutions de mai 2004

ISAAC ASIMOV   *Mortelle est la nuit* précédé de *Chante-cloche*

Isaac Asimov, le célèbre auteur du cycle de *Fondation*, mêle science-fiction et énigme policière avec un humour débridé et un talent incontesté.

COLLECTIF   *Au bonheur de lire*

Écrivains ou héros de romans, tous peuvent témoigner de ces moments de bonheur où plus rien n'existe, hormis les histoires enfouies entre les pages d'un livre.

ROALD DAHL   *Gelée royale* précédé de *William et Mary*

Plongez dans l'effroi pour éclater de rire à la page suivante avec Roald Dahl, maître de l'humour noir *so british*!

DENIS DIDEROT   *Lettre sur les aveugles à l'usage de ceux qui voient*

Une brillante et impertinente remise en cause de la réalité telle que nous la percevons, remise en cause dont la hardiesse vaudra la prison à son auteur…

YUKIO MISHIMA   *Martyre* précédé de *Ken*

Deux nouvelles raffinées et cruelles qui mettent en scène des adolescents à la sexualité trouble.

ELSA MORANTE   *Donna Amalia* et autres nouvelles

Dans ces quelques nouvelles, l'univers magique de l'enfance, avec ses mystères et ses joies, est décrit avec sensibilité, poésie et talent par l'auteur de *La Storia*.

LUDMILA OULITSKAÏA   *La maison de Lialia* et autres nouvelles

Avec une justesse et une acuité qui font d'elle la digne héritière de Tchekhov, Ludmila Oulitskaïa décrit par petites touches la vie des Moscovites.

RABINDRANATH TAGORE   *La petite mariée* suivi de *Nuage et Soleil*

Deux nouvelles de Rabindranath Tagore, l'un des plus grands poètes indiens, qui font rimer émotion et passion.

IVAN TOURGUÉNIEV   *Clara Militch* (Après la mort)

Une incroyable et bouleversante histoire d'amour par-delà la mort.

H. G. WELLS   *Un rêve d'Armageddon* précédé de *La porte dans le mur*

Deux nouvelles fantastiques où rêve et réalité sont étroitement mêlés par l'auteur de *La guerre des mondes* et de *La machine à explorer le temps*.

W. FAULKNER	*Une rose pour Emily* et autres nouvelles (Folio n° 3758)
F. SCOTT FITZGERALD	*La Sorcière rousse*, précédé de *La coupe de cristal taillé* (Folio n° 3622)
C. FUENTES	*Apollon et les putains* (Folio n° 3928)
R. GARY	*Une page d'histoire* et autres nouvelles (Folio n° 3759)
J. GIONO	*Arcadie... Arcadie...*, précédé de *La pierre* (Folio n° 3623)
W. GOMBROWICZ	*Le festin chez la comtesse Fritouille* et autres nouvelles (Folio n° 3789)
H. GUIBERT	*La chair fraîche* et autres textes (Folio n° 3755)
E. HEMINGWAY	*L'étrange contrée* (Folio n° 3790)
E.T.A. HOFFMANN	*Le Vase d'or* (Folio n° 3791)
H. JAMES	*Daisy Miller* (Folio n° 3624)
T. JONQUET	*La folle aventure des Bleus...*, suivi de *DRH* (Folio n° 3966)
F. KAFKA	*Lettre au père* (Folio n° 3625)
J. KEROUAC	*Le vagabond américain en voie de disparition*, précédé de *Grand voyage en Europe* (Folio n° 3695)
J. KESSEL	*Makhno et sa juive* (Folio n° 3626)
R. KIPLING	*La marque de la Bête* et autres nouvelles (Folio n° 3753)
LAO SHE	*Histoire de ma vie* (Folio n° 3627)
LAO-TSEU	*Tao-tö king* (Folio n° 3696)
J. M. G. LE CLÉZIO	*Peuple du ciel*, suivi de *Les bergers* (Folio n° 3792)

Composition Bussière.
Impression Novoprint
à Barcelone, le 10 avril 2004.
Dépôt légal : avril 2004.
ISBN 2-07-31453-7./Imprimé en Espagne.